Schneeflockenherzen

über Sankt Peter-Ording

Anni Deckner

Verlag:
Zeilenfluss Verlagsgesellschaft mbH
Implerstraße 24
81371 München

Text: Anni Deckner
Bildmaterialien: www.123RF.com
Cover: Michael Troy, MT-Design
Korrektorat: Dr. Andreas Fischer
Lektorat: Martha Wilhelm – www.textwinkel.de
Satz: Zeilenfluss

ISBN: 978-396714-248-8

Schneeflockenherzen

Über Sankt Peter-Ording

Liebesroman

Anni Deckner

Zeilenfluss

1

LIZZY

Die Hansestadt befand sich im Ausnahmezustand. In wenigen Tagen war Heiligabend, und alle hatten es eilig, die letzten Einkäufe zu erledigen. Ich war erleichtert, diesen Stress nicht zu haben. Die Geschenke für meine Eltern waren bereits auf dem Postweg nach Berlin unterwegs. Seit ich in Hamburg lebte, war das Fest der Liebe eines des Abstands geworden. Mir waren Lametta und Putenbraten gleichgültig. In meiner Kindheit war das anders gewesen, aber inzwischen kamen mir die Feiertage so überflüssig vor wie Schnee im Sommer. Meine Eltern versuchten regelmäßig erfolglos, mich vom Gegenteil zu überzeugen. Doch je mehr meine Mutter drängte, umso mehr hielt ich dagegen. Dennoch schickte ich jedes Jahr ein Päckchen nach Berlin und verkündete in einem langen Brief, dass ich sie im Sommer besuchen würde.

›Erst am Heiligen Abend öffnen‹, hatte ich diesmal in dicken roten Buchstaben auf die Verpackung gekritzelt. Meine Mutter würde es aber garantiert nicht bis dahin aushalten, das Päckchen spätestens zwei Tage vorher öffnen und mir am Telefon erzählen, wie großartig es unter ihren Weihnachtsbaum passte. Mit ihrem Smartphone tat sie sich allerdings gerade in solchen Momenten schwer, sie behauptete dann, irgendetwas sei kaputt. Demzufolge brauchte ich nicht mit einem Beweisfoto zu rechnen. Mein Vater dagegen war ein zuverlässiger Übermittler von geheimen Nachrichten, sodass ich bezüglich der Entwicklungen im Haus meiner Kindheit immer auf dem neusten Stand war.

Ich grinste belustigt vor mich hin. Die Menschen, die mit hektischen Mienen durch die Einkaufsstraßen rannten, wirkten wie kleine Roboter mit Kurzschluss. An der Ecke zur Reeperbahn gönnte ich mir einen mit Zuckerguss verzierten Krapfen. Während ich ihn genüsslich verdrückte, beobachtete ich die Menschen in ihrem vorfestlichen Trubel. Ich erlaubte mir dieses Gebäck grundsätzlich nur zur Weihnachtszeit. Zugegeben, ebenfalls eine Art Tradition, von der ich genau genommen Abstand nehmen sollte. Da ich im Winter meistens Hosenanzüge mit weiten Blazern trug, wurde mein Hüftgold in dieser Zeit ausreichend kaschiert. Leider bekam ich spätestens zur Silvesterparty die Quittung für die gezuckerten Sünden. Meine Bemühungen, in das kleine Schwarze hineinzukommen, scheiterten dann regelmäßig an den stabilen Nähten des eleganten Kleidungsstückes. Die zusätzlichen fünf Kilogramm Winterspeck forderten ihren Tribut.

Dabei wäre es ratsamer, mich in Form zu halten, um nicht die Letzte auf dem Heiratsmarkt zu bleiben. Ich war seit zwei Monaten ein angeblich glücklicher Single. Meine

Beziehungen waren nur selten von langer Dauer. Ausschließlich meine Jugendliebe hatte damals über drei Jahre gehalten. Was aber auch nicht so schwer gewesen war, denn uns hatten dreißig Kilometer Entfernung voneinander getrennt. Somit hatten wir wenige Gelegenheiten gehabt, uns zu streiten. Meine Eltern hatten die Hoffnung bis heute nicht aufgegeben, dass ich wieder auf Thomas treffen und unsere Liebe dabei neu entflammen könnte. Sie hatten keine Ahnung, dass er längst in den Hafen der Ehe geschippert und mit drei entzückenden Jungs gesegnet war. Wir trafen uns einmal im Jahr beim Klassentreffen und hatten dabei Gelegenheit, die wichtigsten Neuigkeiten auszutauschen. Thomas zeigte mir jedes Mal beglückt Fotos seiner Rasselbande. Dies nahm genug Zeit in Anspruch, dass nach einigen Gläsern Wein glatt *vergessen* wurde, von mir dasselbe einzufordern. Ich musste mir nicht einmal die Mühe machen, Kind und Kegel zu erfinden. Thomas hatte nie danach gefragt. Manchmal fragte ich mich, ob er schon damals, zur Zeit unserer Beziehung, derart oberflächlich gewesen war.

Ich leistete indessen übernatürliche Überzeugungsarbeit, um meiner Familie und meinen Freunden klarzumachen, wie gern ich doch Single war. Es gab niemanden, auf den ich Rücksicht zu nehmen hatte, keinen, der mir Ratschläge in puncto Klamotten erteilte. Meine Pullover, die ich in der Freizeit trug, würde ich ohnehin nicht wegwerfen. Ich war jetzt echt frei!

Zumindest versuchte ich mir das Ganze so schönzureden. Denn im Inneren meines Herzens wünschte ich mir doch einen Mann, der mich liebte, so wie ich war. Jetzt mal ehrlich, wer wachte schon gern allein auf? In einem riesigen Bett, das ich kaum auf Körpertemperatur bekam. Wenn ich nachts fror, erwärmte ich mir ein Körnerkissen in der Mikrowelle. Logischerweise war ein Körnerkissen aber nicht die Erfüllung all meiner Wünsche im Bett. Es gab durchaus heißere Dinge, die ich mir darin vorstellte. Das blieb aber ein Geheimnis. Nur meine Freundin Silvi wusste über meine verborgensten Gefühle Bescheid.

Leider hatte es bisher für mich kein dauerhaftes Glück gegeben. Zumindest nicht in Bezug auf Partnerschaften. Wenigstens in meinem Beruf als Verlagschefin war ich erfolgreich und beliebt. Die Redakteure hingen an meinen Lippen, sobald ich eine neue Story ankündigte. Ich galt als hanseatische Schönheit. Meine langen, gewellten blonden Haare fielen wie Goldregen über meine Schultern. Mit meinen blauen Augen verdrehte ich den meisten Männern den Kopf. Aber eben nie den richtigen.

Als ich vor vierzig Jahren in der Wiege meiner Eltern gelandet war, hatte ich die Herzen der Betrachter im Sturm erobert. Ich war das große Glück der Sippe von Seefeld. Das erstgeborene Kind und der ganze Stolz der Familie. Meine Eltern waren auch immer noch stolz, aber inzwischen in Sorge, ob ich ihnen den ersehnten Enkelwunsch erfüllen würde. Dabei hatte meine Schwester Bente ihre Pflicht sehr ernst genommen und ihnen gleich vier Enkelkinder beschert. Auch meine jüngste Schwester Vicky hatte bereits zwei kleinen Rackern das Licht der Welt geschenkt. Vicky ging auf in ihrer Rolle als Mutter und treusorgende Hausfrau. Mein Schwager Leo verdiente mit seinem Autohaus viel Geld und konnte sich eine Frau am Herd leisten. Tja, man musste eben in das richtige Nest fallen. Allerdings stand mir nicht der Sinn danach, mich von einem Mann versorgen zu lassen. Ich wollte geliebt werden, so wie ich war: selbstbewusst und lebensfroh. Ich war im Grunde unkompliziert, aber für viele Männer eben doch zu viel. Himmel, wo war da die Logik?

Vicky und Leo hatten mich dieses Jahr eingeladen, mit ihnen und den Kindern in den Skiurlaub zu fahren. Doch sosehr ich meine Nichten auch liebte, war es doch keine Option, mich um sie zu kümmern, während ihre Eltern sich auf der Piste vergnügten. Ich war leider völlig untalentiert, was Abfahrten anbelangte – jedenfalls auf der Piste, denn abseits davon blickte ich privat durchaus auf einige Sturzflüge und Katastrophen zurück. Knochenbrüche im Schnee wären da ohne Zweifel vorprogrammiert. Außerdem zog ich Urlaube an der See vor. Selbst im Winter war dies ein Lebensgefühl, das ich mir nicht nehmen lassen wollte, auch wenn das Wetter an der Nordsee etwas rauer daherkam.

Ob es nun Glück war oder Schicksal, jedenfalls hatte meine Freundin Silvi am ersten Advent ihrem Freund den Laufpass gegeben. Ich hatte mich immer für sie gefreut, weil die Beziehung zu Lutz überwiegend harmonisch und glücklich gewirkt hatte. Umso mehr hatte mich die Nachricht von der Trennung der beiden geschockt. Doch nun würden wir zusammen nach St. Peter-Ording reisen und dort Weihnachten und Silvester verbringen. Ich freute mich wahnsinnig auf die hoffentlich entspannten Feiertage an der Nordsee. Wir hatten gemeinsam ein Hotel gebucht. Mit Wellness und allem, was dazugehörte. Vor allem mit Meerblick. Morgens den Tag mit einem Becher Kaffee auf dem Balkon zu beginnen und dabei auf das Meer zu schauen, war eine himmlische Vorstellung.

Meine Freundin hatte bereits an den ersten Adventstagen begonnen, ihre Koffer zu packen. Es war abzusehen, dass mein Sportwagen für das Gepäck nicht ausreichen würde. Zumal ich schließlich auch eine bescheidene Auswahl an Klamotten dabeihätte. Da wir keine Galaparty planten, war es immerhin unwichtig, ob mir mein erwähntes kleines Schwarzes passen würde. Wir stellten uns stattdessen eine Party am Strand vor, wo wir Menschen treffen würden, die die gleichen Interessen hätten. Dick eingemummelt in langen Mänteln, Mützen und Schals. Zum Jahreswechsel würden wir dann mit einem Pappbecher voller perlendem Schaumwein anstoßen und Menschen umarmen, die wir gar nicht kannten. Am nächsten Tag wäre der Spuk vorbei, und jeder ginge seiner Wege.

Ich musste nur auf Silvi aufpassen, damit sie sich nicht den Nächstbesten schnappte, um sich über die Trennung von ihrem Freund hinwegzutrösten. Sie hatte vor einigen Tagen etwas in diese Richtung erwähnt. Ob diese dahingesagten Worte ernst zu nehmen waren, würde sich zeigen, denn bei Silvi konnte man nie wissen, was sie antrieb.

Ein heftiger Schubs beförderte mich zurück ins Hier und Jetzt. Ich stöhnte schmerzerfüllt auf und rieb meine lädierte Schulter. Diese Hektiker nahmen einfach keine Rücksicht auf andere. Böse starrte ich mein Gegenüber an und öffnete den Mund, um ihn anzumeckern. Doch ich bekam den Wind von vorn.

»Pass doch auf, dusselige Kuh. Wenn dir die Einkaufsstraße zu voll ist, bestell doch im Internet!«

Offenbar war ich auf jemanden gestoßen – oder eher von jemandem gestoßen worden –, der nicht weniger vom

Weihnachtsrummel genervt war als ich. Ich holte zum Gegenschlag aus. Doch als ich in diese grünen Augen sah, war es um meine Haltung geschehen. Ein dichter Wimpernkranz, um den ihn jede Frau beneiden würde, umrandete diese Augen, deren Blick sich gerade mit meinem verhakte. Hohe Wangenknochen ließen ihn überaus männlich wirken. In der dicken Winterverpackung war ein Body zum Niederknien zu vermuten. Der Atem entwich meinen Lungen wie bei einem Luftballon im Steilflug.

»Freut mich«, entkam es mir. »Ich bin Elisabeth von Seefeld, Freunde nennen mich Lizzy.«

Seine Mundwinkel zuckten. Offensichtlich war er nicht mehr wütend. Er reichte mir sogar eine Hand, die trotz der Kälte eine himmlische Wärme ausstrahlte.

»Jakob Thiesen. Freut mich, Lizzy.«

Ich brachte meine blauen Ich-bin-die-Liebste-und-Netteste-Augen zum Einsatz. Mein voller Mund half mir dabei. Meine Sommersprossen, die auch im Winter nie ganz verschwanden, zeugten allerdings vom Gegenteil. Doch ich konnte es ja mal versuchen. Denn normalerweise hatte ich eine lose Zunge, die alles ausspuckte, was ihr querkam.

»Jakob, der Ungläubige? Dann bist du Weihnachten sozusagen ein Fremdkörper, oder?«

»Kann man so behaupten, aber es war Thomas, der Ungläubige«, brummte er. »Ich muss dann mal weiter.«

Alles in mir wollte ihn aufhalten, doch mit welcher Begründung? ›Bleib bitte, wir könnten doch …‹ Ja was? Kaffee trinken? Sex haben? Ich hatte schon viel davon gehört, dass die Hormone in manchen Situationen durchdrehten, aber mussten meine gleich so übertreiben? Mein Herz raste unkontrolliert, und ich fühlte, wie meine Wangen warm wurden. Wie peinlich war das denn bitte schön! Dazu noch der blöde Spruch. Natürlich, der Ungläubige in der Bibel war nicht Jakob, sondern Thomas gewesen.

Bevor ich mein Hirn mit meinem Bauch in Einklang gebracht hatte, war Jakob in der Menschenmenge verschwunden. Ich seufzte und dachte dabei an die Werbung für einen Schokoriegel.

Ob er jemals wiederkommt?

Langsam setzte ich meinen Weg fort. Durch die Menschenmassen und vorbei an funkelnder Christbaumdekoration. Ich benötigte einiges aus dem Drogeriemarkt, der sich gleich um die nächste Ecke befand. Schließlich sollte der Wellnessurlaub nicht in den Behandlungsräumen des Hotels aufhören. Wir hatten das Glück, ein Zimmer mit Badewanne ergattert zu haben. Diese würde ich in Form von duftenden Schaumbädern und unter Einsatz von reichlich Körperlotion ausgiebig nutzen. Silvi freute sich auf die Bar mit einem abendlichen Unterhaltungsprogramm. Dabei durften ihrer Meinung nach Flirts nicht fehlen.

Manchmal fragte ich mich, ob das der Grund war, aus dem sie sich von ihrem Freund getrennt hatte. Silvi brauchte Flirts, dabei lebte sie regelrecht auf. Die Männer flogen aber auch auf sie wie die Motten ins Licht. Sie war schlank, und mit ihren langen roten Locken, die meist ein Eigenleben entwickelten, erinnerte sie an Ronja Räubertochter. Ich hingegen hatte meist ein paar Kilo zu viel auf den Hüften. Ich hatte zwar auch lange Haare, doch wenn ich sie morgens nicht ewig unter den Föhn hielt, waren es eher Spaghettilocken mit kaum Fülle. Trotzdem war ich mit meinem Äußeren zufrieden. Aber ob die Männer es auch so sahen? Oder warum war ich sonst immer noch Single? Ich würde noch an meinen Selbstzweifeln scheitern, denn im Grunde wusste ich doch, dass ich ganz passable aussah.

Entschlossen wischte ich diese Gedanken aus meinem Kopf und erledigte die Einkäufe, die für unsere Reise an die Nordsee unerlässlich waren.

2

LIZZY

Dicke Schneeflocken schwebten aus dunkel aufziehenden Wolken und verwandelten selbst die schmuddeligen Straßen Hamburgs in eine zauberhafte Märchenwelt. Es wurde um einiges leiser. Der Schnee dämpfte den Autolärm, und Kinder liefen beinahe ehrfürchtig durch die Gassen, um nach dem Weihnachtsmann Ausschau zu halten. Musikanten gaben ihre Lieder zum Besten, und überall duftete es nach Glühwein und gebrannten Mandeln. Fast war ich versucht, ebenfalls nach dem Christkind zu spähen. Aber nur fast. Ich freute mich, diesem Rummel entfliehen zu dürfen.

Silvi hatte ihre Einpack-Arie beendet. Sie schrieb mir eine Kurznachricht, dass sie bereit zur Abfahrt sei. Ich verabschiedete mich von den Kollegen und verließ mein Büro voller Vorfreude auf den Urlaub. Zur Sicherheit rief ich Silvi noch mal an.

»Bist du auch wirklich fertig? Ich werde bei dir vor der Tür keinen Parkplatz finden.«

»Ich stehe bereit zur Abholung«, trällerte sie ausgelassen. »Du kannst in der zweiten Reihe parken. Dann hüpfe ich zu dir ins Auto.« Silvi und ihr Humor. Zunächst würden wir ihr Gepäck verstauen müssen. Ich seufzte. Die Folge wäre ein Hupkonzert von genervten Autofahrern, die nicht an meinem Wagen vorbeikämen.

Ich erreichte das Haus, in dem meine Freundin wohnte, und traute meinen Augen nicht. Ich hatte ja mit allem gerechnet, aber dieser Turm, den Silvi neben sich aufgebaut hatte, wirkte wie die Ladung eines Lieferwagens. Was zum Teufel wollte meine Freundin mit den bunten Päckchen? Wir erwarteten keinen Besuch, und Weihnachten war nur noch ein Datum im Kalender.

Ich stoppte den Wagen und sprang hinaus. »Was soll das? Wo soll ich das denn alles hinschieben?«

Silvi lachte übermütig. »Ich habe alles genau vermessen. Das bekommen wir mit Leichtigkeit in deine Kiste.«

Ich ersparte mir die Frage, wie diese Rechenaufgabe zu lösen sein sollte, denn Silvi hatte für alles eine Ausrede parat.

Ehe wir damit beginnen konnten, ihr Gepäck ins Auto zu laden, geschah das Unglück: Ein Jogger versuchte den Koffer-Geschenke-Turm zu umrunden und rutschte dabei im Schnee aus. Erschrocken zuckte ich zusammen. Er landete unmittelbar vor meinen durchnässten Schuhen.

Ich schlug mir die Hände vors Gesicht. Ließ sie dann aber sinken. Dieses Fluchen kam mir irgendwie bekannt vor. Entsetzt starrte ich in Jakobs bestürztes Gesicht. Er rappelte sich auf und klopfte seine feuchte Hose ab. Als er mich erkannte, entwich ihm ein Brummen. Gleich darauf bildete sich eine Zornesfalte über seiner Nasenwurzel. Ich legte den Kopf schief. Irgendwie sah er wütend richtig süß aus. Ob er das wusste?

»Du schon wieder! Hätte ich mir eigentlich denken können.«

Ich hob die Finger zum Schwur. »Ich habe damit nichts zu tun. Das gelobe ich feierlich.«

Seine Lippen bogen sich leicht nach oben, als ob er lächeln wollte. »Das kann ich mir nicht vorstellen. Aber ich nehme die Entschuldigung an.«

Ich riss die Augen auf. »Was? Wieso sollte ich mich entschuldigen? *Du* hast doch nicht auf den Weg geachtet.«

Für einen Moment verfingen sich unsere Blicke. Dabei verspürte ich wieder dieses Prickeln in der Magengegend.

Doch dann war der Zauber vorbei. Jakob fluchte verächtlich. »Ach, diese Weihnachtsfantasten, die gehen mir gehörig auf den Geist. Zum Glück ist der Spuk im Januar vorbei.«

Noch bevor ich etwas erwidern konnte, rannte er los, ohne eine Antwort abzuwarten.

Silvi prustete los. »Seit wann bist du …«

»Vergiss es, ich weiß nicht, wie er darauf kommt. Ich mag Weihnachten nicht. Lass uns endlich deine Sachen verstauen.«

Auf meine Frage hin, für wen die Geschenke seien, meinte meine Freundin: »Das ist nur Deko für unser Hotelzimmer. Da ist gar nichts drin.«

Ich konnte es nicht fassen. Sie überlud meinen Wagen mit Deko? Wozu das?

»Silvi, stell die Dinger da zurück in deine Wohnung, ich verstaue in der Zwischenzeit den Rest.« Schon ihre Koffer fanden kaum Platz.

Silvis Augen füllten sich mit Tränen. »Aber ich hab es doch nur gut gemeint.«

»Ach, Liebes, lass uns endlich zu Potte kommen. Ich freue mich auf St. Peter-Ording.«

Meine Freundin schniefte und nickte schließlich. Schweren Herzens brachte sie den unnötigen Ballast in ihre Wohnung zurück, und ich verstaute ihre wichtigsten Dinge in meinem Auto.

❄

Die Autobahn war voller Urlauber, die an den Feiertagen flüchteten oder zu ihren Familien reisten. Hin und wieder staute sich der Verkehr, aber ansonsten kamen wir gut voran. Silvi döste vor sich hin. Sie sah irgendwie süß aus in ihren mit Fell gefütterten Moonboots, die in den Achtzigerjahren in Mode gewesen waren. Dazu trug sie eine Jeans und unter der Jacke einen selbstgestrickten Pullover. Die passende Mütze lag auf ihren Knien.

»Unser Hotelzimmer wäre wunderschön geworden, wenn ich es dekoriert hätte«, maulte sie.

Ich musste grinsen. Dass es ihr dermaßen schwerfiel, ohne Weihnachtspäckchen nach St. Peter-Ording zu fahren, hätte ich nicht gedacht. Ich fand ihre Reaktion albern, zumal sie mir gesagt hatte, dass sie Weihnachten für ebenso überflüssig hielt wie ich. Das war nicht immer so gewesen. Ich vermutete, ihr Sinneswandel lag an der erst vor Kurzem beendeten Beziehung zu Lutz.

»Ich dachte, wir wollten die freien Tage ganz entspannt verbringen, ohne diesen Rummel.«

»Du hast natürlich recht, aber …«

»Kein Aber, wir werden es auch so traumhaft schön haben.«

Silvi brummte etwas Unverständliches, doch ich hakte nicht nach. Ich fürchtete sonst um die Harmonie unseres Urlaubs. Wir konnten beide manchmal herumzanken. Mir stand jedoch nicht der Sinn nach einem Streit.

Die Schlange vor der Rezeption des Hotels war nicht das einzige Anzeichen dafür, dass St. Peter-Ording an den Feiertagen gut besucht war. Parkplätze gab es im Ort kaum noch, da waren wir froh, einen der hauseigenen reserviert zu haben. Ungeduldig warteten wir vor der Anmeldung, um einzuchecken. Endlich erhielten wir unsere Zimmerkarten und wurden in den dritten Stock geleitet.

Silvi war entzückt von der Einrichtung, nicht minder freute sie sich über die Dekoration im gebuchten Zimmer. Ein kleiner Weihnachtsbaum schmückte den Balkon. Überall standen Kerzenhalter, und auch einen Teller mit Schokis hatte man uns hingestellt. Mich interessierte jedoch viel mehr der atemberaubende Blick auf das Meer. Unweit der Seebrücke donnerte es tosend an den Strand. Es herrschte eine steife Brise, die mir den Kopf frei pustete. Ich wollte sofort dorthin.

Ich zog meinen Wintermantel aus dem Koffer und kuschelte mich in einen dicken Schal. Ich strahlte Silvi an. »Kommst du mit? Ich kann es kaum erwarten, das Meer zu begrüßen.«

Silvi täuschte Müdigkeit vor. »Ich möchte mich etwas ausruhen.«

Ich runzelte die Stirn. War nicht *ich* die ganze Strecke

gefahren? Und hatte bis zum letzten Tag vor dem Urlaub arbeiten müssen?

»Okay, dann sehen wir uns später?«

Statt einer Antwort schenkte meine Freundin mir ein herzhaftes Gähnen. Sie warf ihren schlanken Körper auf das Bett und streckte sich wohlig.

»See you later«, meinte sie und starrte schon auf ihr Handy.

Ich zuckte mit der Schulter und verließ das Zimmer. Irgendwie waren wir uns fremd geworden. Doch ich zerbrach mir jetzt nicht den Kopf darüber, woran das lag.

Ich lief die Holzstufen des Hotels hinunter und hielt die Nase in den Wind. Nur an der Nordsee duftete es so würzig. Ich nahm einen tiefen Atemzug. Dann ging ich auf die Seebrücke zu, an dem Fischlokal *Gosch* vorbei. Jetzt erstreckte sich die Küste vor mir. Der eisige Wind rötete meine Wangen, und meine Nasenspitze fühlte sich davon taub an. Luft, die einen regelrecht zur Erholung zwang.

Mein Bauch knurrte leicht und erinnerte mich daran, dass ich auf ein Frühstück verzichtet hatte. Ob ich mir ein Fischbrötchen gönnen sollte? Ich hatte den Gedanken noch nicht zu Ende gebracht, da kehrte ich schon zu dem Fischrestaurant *Gosch* um. An einer Luke wurden Speisen für unterwegs angeboten. Mir lief das Wasser im Mund zusammen. Ich entschied mich für ein Nordseekrabbenbrötchen. Ich liebte diese kleinen Meerestierchen, auch wenn sie meist sehr teuer waren. Leider waren sie in manchen Jahreszeiten schwer zu bekommen. Die Fischer mussten Auflagen erfüllen, wann und wie viel gefischt werden durfte. Dies machte dann auch den Preis aus. Am besten schmeckten die Nordseegarnelen, wenn man sie direkt vom Kutter kaufte.

Drüben auf der anderen Seite der Promenade spielte ein Leierkastenmann seine Melodien. Ich hörte die mir aus der Kindheit vertrauten Weihnachtslieder. Anfangs war ich genervt, doch nach einer Weile erwischte ich mich dabei, leise mitzusummen. *Stille Nacht.* Meine Oma hatte damals stets darauf bestanden, dieses Lied zur Eröffnung der Familienfeier zu singen. Ich fand diese Tradition immer wunderschön. Ich wusste nicht mehr, wann ich meine Meinung dazu geändert hatte.

Ich fluchte leise vor mich hin. Verdammt, warum kamen mir jetzt die Tränen? Hastig wischte ich sie mit dem Handrücken fort. Dann verschlang ich mein Brötchen und eilte die Seebrücke entlang. Der Verschluss meines Stiefels löste sich, und ich hockte mich hin, um ihn zu schließen. Beim Hochkommen taumelte ich leicht und stieß mit etwas Hartem zusammen.

»Passen Sie doch auf, haben Sie keine Augen im Kopf?«

»Jakob? Das kann ja wohl nicht wahr sein, warum rempelst du mich schon wieder an?« Ich musste kichern, denn Jakobs Gesichtsausdruck war unbezahlbar.

»Lizzy? Verfolgst du mich?«

Am liebsten ja.

»An so etwas würde ich nicht mal denken.«

»Gar nicht so leicht, dem Christmastrubel zu entgehen, was?« Offenbar hatte er in St. Peter-Ording bessere Laune als in Hamburg. Er zeigte sogar einen Ansatz von Humor, den ich ihm nicht zugetraut hätte.

»Nee, irgendwie nicht.« Ich stöhnte. Dabei sah ich ihm

in die Augen, die mich wie schon beim ersten Zusammenstoß durcheinanderbrachten. »Wie wäre es mit einem Kaffee?«

»Danke, ich trinke keinen Kaffee.« Wieder ließ er mich stehen und eilte davon.

Dann eben nicht.

Ich hatte keine Lust, mir von diesem unfreundlichen Typen die Laune verderben zu lassen. Meine Freundin hatte dies schon mit ihren Riesenpaketen versucht.

Gemächlich ging ich weiter zum Ende der Seebrücke. Es hatte nicht aufgehört zu schneien. Laufend legten sich neue Flocken auf den Strand. Ich verließ die Holzbrücke und stapfte über den verschneiten Strand. Es war Ebbe, und ich mühte mich, die Wasserlinie einzuholen. Doch je weiter ich ging, umso weiter entfernte sich die Nordsee. Durchgefroren und planlos kehrte ich schließlich um. Langsam musste ich ins Warme, ich spürte meine Füße kaum noch.

Mit gemischten Gefühlen betrat ich das Hotel. Dabei hoffte ich, dass Silvi inzwischen etwas bessere Laune hatte. Ansonsten konnte das ein anstrengender Urlaub werden.

»Frau von Seefeld?«

Erstaunt wandte ich mich zu der Person, die mich angesprochen hatte. »Ja?«

Die freundliche Rezeptionistin reichte mir einen Umschlag. »Den hat Frau Westerwald für Sie dagelassen.«

Mir war etwas mulmig zumute. Warum schrieb Silvi mir einen Brief? Ich nahm ihn entgegen und verzog mich in das angrenzende Café, bestellte mir einen Cappuccino und öffnete den Umschlag.

. . .

Liebe Lizzy, es tut mir unendlich leid, aber in diesem Jahr läuft bei mir alles ein wenig anders. Ich bin zurück nach Hamburg. Lutz hat mich um eine zweite Chance gebeten und möchte, dass wir Weihnachten zusammen feiern. Es ist mir unangenehm, aber ich konnte nicht ablehnen. Ich hoffe, du verbringst schöne Tage hier an der Nordsee und wirst mich nicht sonderlich vermissen. Deine Freundin Silvi.

Ähm, wie? Ich war von den Socken. Jetzt war ich hier an diesem wunderschönen Ort, und das mutterseelenallein? Ich hatte es doch schon immer gewusst, Weihnachten brachte nur Ärger ein!

Verdammt. Was sollte ich jetzt tun? Auch nach Hause fahren? Wie war meine Freundin denn überhaupt nach Hamburg gefahren? Doch wohl nicht … Ich tastete meine Manteltasche nach meinem Autoschlüssel ab. Richtig, ich hatte ihn auf meinen Nachtschrank gelegt.

Ich stürzte den letzten Schluck aus der Tasse herunter und hetzte zum Fahrstuhl. Mit der Zimmerkarte öffnete ich die Tür. Unvermittelt stockte mir der Atem. Auf dem kleinen mit Stoff bezogenen Nachtschrank lagen keine Schlüssel mehr. Stattdessen ein weiterer Zettel, auf dem ich die Handschrift meiner Freundin – oder sollte ich besser sagen: Ex-Freundin – erkannte.

. . .

Ich weiß, du wirst mich töten, aber ich habe dein Auto genommen. Nach den Feiertagen werden wir es zurückbringen. Ich war mit den Zugverbindungen völlig überfordert und hielt es für einfacher, deinen Wagen zu nehmen.

»Dieses Miststück!«, entfuhr es mir. In Hamburg benutzte sie nur Bus und Bahn, doch plötzlich war ihr das zu umständlich? Ich holte mein Handy hervor und wählte ihre Nummer.

»Dieser Anschluss ist vorübergehend nicht erreichbar.«

Silvi hatte ihr Telefon abgestellt. Normalerweise konnte sie nicht ohne dieses Tor zur Welt leben, aber ausgerechnet heute war es ausgeschaltet? Ich war wütend und den Tränen nahe. Sie war seit zehn Jahren meine allerbeste Freundin, mein vertrautester und liebster Mensch ever.

Hatte ich mich in ihr getäuscht? Ich sah durchaus ein, dass eine Beziehung es wert war, gerettet zu werden, aber hätte dies nicht Zeit gehabt bis nach Weihnachten? Gut möglich, dass mir für so eine Einschätzung die Erfahrungen fehlten. Ich kannte mich besser mit Chaos und Krisen aus.

Ich starrte auf Silvis zerwühltes Bett. Wie lange mochte sie schon weg sein? War ich denn Stunden fort gewesen?

3

JAKOB

Das sogenannte Fest der Liebe war auch in St. Peter-Ording in vollem Gange. Warum ich geglaubt hatte, hier wäre es anders, erschloss sich mir nicht mehr. Vor den meisten Restaurants und Geschäften waren Tannen aufgestellt, die zu allem Überfluss auch noch mit rosa Glühbirnchen versehen waren. Zugegeben, alles war liebevoll geschmückt und für Fans dieses Festes sicher eine Bereicherung und ein Augenschmaus. Doch mich kotzte das alles an. Die nette Pensionswirtin, bei der ich ein Zimmer mit Frühstück gebucht hatte, war da leider keine Ausnahme. Am Eingang der Pension hatte sie einen übergroßen Weihnachtsmann postiert. In seinen Augen blinkten rote Lichter. Ein Gräuel für mich. Solche Art von Deko hatte ich noch nie gemocht.

Ich musste an das Luftgewehr denken, das ich von meinem Onkel zum fünfzehnten Geburtstag geschenkt bekommen hatte. Meine Mutter war damals, trotz ihrer Vorliebe für den Alkohol und des wenigen Interesses an ihren Kinder, dagegen gewesen und hatte das Gewehr zu meiner Enttäuschung auf den Dachboden verfrachtet. Wenn Onkel Sören zu Besuch kam, wurde es ohne Munition in mein Zimmer geholt. Mit der Mahnung, es ja nicht anzurühren. Ich stellte mir nun vor, die Blinklichter damit auszulöschen. Doch natürlich würde ich nie eine Waffe in die Hand nehmen. Der Gedanke daran gefiel mir trotzdem.

Vorhin auf der Seebrücke war ich wieder mit dieser Lizzy zusammengestoßen. Eigentlich fand ich sie sehr hübsch. Ob ich mir das nur einbildete? Sie schien ebenso wenig von den Feiertagen begeistert zu sein wie ich. Aber ich konnte mich auch täuschen. Denn die bunten Pakete auf dem Bürgersteig in Hamburg hatten nicht dafürgesprochen.

Die Begegnung mit ihr hier in St. Peter-Ording hatte mich zugegebenermaßen überrumpelt. Mein Bruder behauptete stets, es gäbe so etwas wie Schicksal. Ich glaubte nicht daran, doch heute kamen mir Zweifel. Warum war Lizzy hier? Sie hatte mich zum Kaffee eingeladen, was mich abgeschreckt und in die Flucht getrieben hatte. Noch dazu mit einer gelogenen Ausrede, denn ich ernährte mich förmlich von diesem Gebräu. Später hatte ich mich gefragt, ob es nicht zu unfreundlich gewesen war, sie da einfach stehen zu lassen. Aber nein, warum sollte mich das beschäftigen? Schließlich war ich nicht hier, um freundlich zu sein. Seit meine Lebensgefährtin vor fünf Jahren am Heiligen Abend bei einem Verkehrsunfall tödlich verletzt worden war, gab es für mich dieses Fest nicht mehr und würde es auch nie wieder geben.

Mein Bruder wurde nicht müde, mich einzuladen, das

Fest mit seiner Familie zu verbringen, die aus ihm, seinen drei Kindern und seiner Ehefrau bestand. Lisa hatte Kinder über alles geliebt, und wir hatten damals überlegt, ob es der richtige Zeitpunkt für uns war, selbst welche zu bekommen. Daher brachte ich es nicht übers Herz, in die glücklichen Augen meiner Nichten und Neffen zu schauen. Zu sehr schmerzte die Erinnerung an Lisa. Mein Vater, der es lange mit seiner alkoholkranken Frau ausgehalten hatte, war bereits seit sechs Jahren in Portugal zu Hause. Die Reise dorthin war zum Glück zu weit, um sie für Festlichkeiten auf sich zu nehmen. Hinzu kam, dass ich ohnehin keine enge Beziehung zu ihm hatte.

Inzwischen war es dunkel geworden, und die Beleuchtung der Tannenbäume erhellte die Straßen. Rosa! Wer war auf diese Idee gekommen? Hatte die Stadtverwaltung da nicht aufgepasst, oder war das auf ihrem Mist gewachsen? Ich stöhnte auf. Egal, ich schaute einfach nicht hin. An der Ecke Promenade kaufte ich mir einen Backfisch im Blätterteig. Ich stellte mich an einen der Tische und biss hinein.

Fast hätte ich mich verschluckt, als ich Lizzy planlos auf die Badallee zulaufen sah. Ich duckte mich rasch. Trotzdem konnte ich meine Augen nicht von ihr abwenden. Hatte sie Sorgen? Sie wirkte verstört oder wütend. Ihr Temperament hatte ich ja bereits kennengelernt und konnte mir durchaus vorstellen, dass mit ihr nicht gut Kirschen essen war. Trotzdem … Sie war süß. Sie hatte mich beeindruckt. Ein warmer Schauer durchlief meinen Körper bei dem Gedanken an diese Frau. Sofort wischte ich die Erinnerung an unsere Begegnungen aus meinem Gedächtnis.

Ich war kein Typ, in den eine Frau sich verlieben sollte, die Vergangenheit lastete zu schwer auf meiner Seele. Dort war kein Platz für einen Neuanfang.

Dennoch war es schwer, meine Augen von ihr zu lassen. Ihren dicken Wintermantel hatte sie gegen einen Parka eingetauscht, und die Mütze saß schief auf ihrem Kopf. Es hatte den Anschein, als ob sie das Haus in aller Eile verlassen hätte.

Ich riss mich von ihrem Anblick los. Doch den Fisch ließ ich liegen. Ich beschloss, mir den Strand noch mal anzuschauen, den ich nach dem Zusammenstoß mit Lizzy nicht mehr wahrgenommen hatte. Elisabeth – welch ein klangvoller, aber altmodischer Name für eine junge Frau wie Lizzy. Schon wieder wanderten meine Gedanken zu ihr. Ich musste damit aufhören, wenn die freien Tage nicht zu einem Desaster führen sollten.

Die Idee, an den Strand zurückzugehen, erwies sich als goldrichtig. Der Wind wehte mir den Kopf frei, und es gelang mir, zu mir selbst zu finden. Inzwischen hatte es aufgehört zu schneien. Die Gischt tobte wütend an der Wasserlinie. Weiße Schaumkronen hüpften auf den Wellenkämmen. Ich fröstelte bei dem Anblick der Urlauber, die barfuß durch das Watt gingen. Der Leierkastenmann orgelte ununterbrochen, und seine Klänge drangen bis zu mir herüber. Schade, dass man ihm nicht das Stromkabel ziehen konnte. Er drehte die Kurbel, ohne müde zu werden.

Nach zwei Stunden am Strand war ich durchgefroren, aber zufrieden. Ich hatte den Leuchtturm von St. Peter-Böhl erreicht. Dann schwenkte ich ab durch die Dünen und lief durch den Ortsteil Dorf zurück nach Bad. Eine lange Wegstrecke lag vor mir, aber das war mir egal. Ich hatte nichts weiter vor, und die Dunkelheit, die sich inzwischen über das Land gelegt hatte, schützte mich wie ein Mantel. Ich war nicht besonders scharf darauf, wieder in fröhliche und erwartungsvolle Weihnachtsaugen zu schauen.

4

LIZZY

Ich hielt es in dem Hotelzimmer nicht mehr aus. Mein Körper schrie förmlich nach einer steifen Brise. Ich war immer noch sauer auf Silvi. Selbst wenn ich mein Auto hiergehabt hätte, hätte ich das Hotel bei einer frühzeitigen Abreise voll bezahlen müssen. Im Dezember waren die Buchungsbedingungen im Falle einer Stornierung nicht unbedingt günstig. Andererseits … Was sollte ich jetzt in Hamburg anfangen? Ins Verlagshaus gehen und die Neujahrsausgaben bearbeiten, während meine Kollegen mit ihren Familien Weihnachten feierten? Nein danke. Derart einsam wollte ich auf mein Umfeld nicht wirken, auch wenn ich es momentan war.

Mir war nach einem Schnaps. Der mich von innen wärmen und mir eine gewisse Art von Gelöstheit bescheren würde. Ich stürmte aus dem Hotel. Am Ende der Straße Im Bad entdeckte ich einen kleinen Pub, aus dem leise Musik herausdrang. Zu meiner Überraschung war es eine Jazzgruppe, die auf zeitgemäße Melodien verzichtete.

Neugierig trat ich ein. Kuschelige Wärme strömte mir entgegen. Erwartungsvolle Augenpaare musterten mich von oben bis unten, aber ich ließ mich davon nicht abschrecken. Ich steuerte auf den Tresen zu und verlangte einen Küstennebel. Der Barmann nickte und stellte mir gleich zwei vor die Nase.

»Auf einem Bein kannst du nicht stehen.« Er grinste mich frech an. Er hatte wie meine Freundin rote Locken. Nur dass seine zu einem modernen Kurzhaarschnitt in Form gebracht worden waren. Die stahlblauen Augen taxierten mich neugierig.

»Den zweiten zahlst du aber«, entgegnete ich provozierend und grinste zurück.

»Ich sage nicht Nein zu der nächsten Runde.« Er warf sich ein Handtuch über die Schulter und goss die Gläser erneut voll. Dieses Mal über dem Eichstrich.

Ich biss mir auf die Lippe. Ich vertrug Alkohol nicht wirklich. Doch ich stürzte auch dieses Glas herunter. Die Flüssigkeit brannte sich langsam durch meine Kehle und wärmte meinen Magen auf. Mit dem Handrücken wischte ich über meinen Mund.

»Bist du im Urlaub bei uns an der See?«, erkundigte er sich.

»Dachte ich zumindest, doch wie es aussieht, wird es nun eher ein Zwang.«

Er hieß Lukas und hörte mir aufmerksam zu, als ich ihm die ganze Geschichte erzählte. Ob das nur zu seinem Job gehörte oder er tatsächlich Interesse an meinem Schicksal hatte, wusste ich nicht.

»Wenn man solche Freunde hat, braucht man keine Feinde zu fürchten«, kommentierte er.

Die Worte versetzten mir einen Stich. Ich sah aber keinen Grund, Silvi zu verteidigen. Schließlich hatte sie mich gnadenlos sitzen lassen. Ich gönnte ihr die Liebe zu ihrem Freund, keine Frage, aber mich hier ohne Fahrzeug und ohne Perspektive zurückzulassen war mit Sicherheit kein Freundschaftsdienst.

»Ist das hier dein Laden?«, fragte ich Lukas.

Seine blauen Augen blitzten auf.

»Ich habe ihn erst vor einem Monat übernommen. Gefällt er dir?« Deutlich schwang Stolz in seiner Stimme mit.

»Nett, ja, er ist toll.« So genau hatte ich mich noch gar nicht umgesehen, entschied mich jedoch, etwas Nettes zu sagen. »Das bedeutet wenig Freizeit für dich, hab ich recht?«

»Erst mal auf jeden Fall. Ich will wissen, was hier läuft, und nicht alles in fremde Hände geben.«

Ich nickte wissend. Irgendwie wurde mein Kopf schwer. Ich merkte, wie meine Konzentration deutlich nachließ. Ich versuchte mich zu erinnern, ob ich vielleicht auf ein Boot gestiegen war. Der Boden schwankte so. Ich fürchtete, jeden Moment vom Barhocker zu kippen.

Mit zusammengekniffenen Augen beobachtete ich, wie Lukas die Gläser erneut befüllte. »Das ist aber das letzte«, lallte ich. Dabei erschrak ich mich vor meiner eigenen Stimme. »Gibt es auch ein Klo in diesem Schuppen?«

»Hinten durch und rechts«, schilderte Lukas mir den Weg.

Ich konzentrierte mich auf meinen Körper, der mir nicht zu hundert Prozent gehorchen wollte. Den Rücken durchgedrückt und die Augen auf mein Ziel gerichtet, bewegte ich mich in die angegebene Richtung. Oh mein Gott, ich war voll wie eine Haubitze. Warum hatte ich nur nicht aufgepasst? Oder war ich unter Umständen doch auf einem schwankenden Schiff gelandet?

Mein Spiegelbild im Waschraum ließ mich Böses erahnen. Auch hier hatte ich keinen festen Boden unter den Füßen. Nachdem ich mir eine Toilette ausgesucht hatte, hockte ich mich hin und stützte den Kopf auf meine Arme. Die Frage, wie ich heil in mein Hotel zurückkommen sollte, blieb unbeantwortet.

Im finsteren Gang, der zurück zum Gastraum führte, stieß ich mit jemandem zusammen. Jakob? Warum tauchte er überall dort auf, wo ich mich befand? Doch ich irrte mich. Es war nicht Jakob, sondern ein Gast, der mir gefolgt war. Auf einen Schlag war ich nüchtern.

»Lass deine schmierigen Finger von mir!«, rief ich laut.

»Stell dich doch nicht so an, warum bist du denn sonst allein in der Kneipe?«

Mit aller Kraft stieß ich den Typen von mir und lief, so schnell es meine Torkelbeine erlaubten, in den Gastraum. Bei Lukas angekommen, verlangte ich die Rechnung.

Besorgt schaute er mich an. »Alles in Ordnung? Ist etwas passiert?«

Ich winkte ab. »Nein, es wird nur Zeit, ins Bett zu gehen.«

Ich suchte mein Geld aus dem Parka und bezahlte eine stattliche Summe.

Draußen vor der Tür schlug mir kalte Luft entgegen. Was meinen Zustand eher verschlechterte als besserte. Ich entdeckte zur Rechten ein Restaurant, auf dessen Terrasse

Strandkörbe standen. Das Lokal war geschlossen, daher entschied ich, mich in einen der Körbe zu setzen. Jemand hatte eine Fleecedecke liegenlassen, in die ich mich einwickelte.

»Nicht schlecht«, murmelte ich und schloss die Augen.

5

JAKOB

Bis weit nach Mitternacht schlenderte ich planlos durch die Straßen von St. Peter-Ording. Mir kamen zahlreiche Spätheimkehrer entgegen, die offenbar einige Kneipen besucht hatten und singend durch die Gassen zogen. *Stille Nacht.* Ach du Scheiße. Ich hoffte, dass meine Wirtin Frau Schlüter schlafen gegangen war und ich nicht mehr auf sie traf. Sie war eine liebenswürdige Frau, doch meine Seele verkraftete nicht allzu viel Fürsorge.

Der Schneefall war in Regen übergegangen. Dass das Wetter umschlug, war im Norden nicht unüblich. Leider hatte es den Effekt, dass die Straßen schmuddelig und nass wurden. Ich dachte an meine Familie, die sicher mitten in den hektischen Vorbereitungen für das Fest steckte. Ich war nach wie vor froh darüber, dies alles nicht mitmachen zu müssen. Lisa hatte es geliebt, Plätzchen zu backen, um sich im Anschluss über das Lob der Verkoster zu freuen. Sie selbst aß nur wenig von ihren Kreationen, da sie fürchtete, über die Feiertage an Gewicht zuzulegen. Ich hatte sie oft ausgelacht, denn sie musste nun wirklich nicht auf ihre Figur achten. Manchmal war es sogar vorgekommen, dass wir uns darüber gestritten hatten. Aber mich daran zu erinnern schmerzte noch zu sehr. Ich zwang mich, nicht mehr an Lisa zu denken.

In einem Strandkorb auf einer Terrasse entdeckte ich eine Person, die offenbar reichlich betrunken war. Die Wolldecke, die über dem Körper lag, schützte sie kaum. Beim Näherkommen erkannte ich, dass es sich um eine Frau handelte. Ich stutzte. Den Parka hatte ich heute schon mal gesehen. Langsam trat ich an den Strandkorb heran. Lizzy! Sie hatte sich zusammengerollt, die Beine angezogen und schlummerte mit leicht geöffnetem Mund. Jetzt lächelte sie im Schlaf. Verwunderlich, ich hatte sie bisher, mit wenigen Ausnahmen, nur wütend und griesgrämig erlebt Obwohl ich noch mindestens zwei Meter von ihr entfernt war, stieg mir eine solche Fahne entgegen, dass ich fürchtete, davon selbst betrunken zu werden.

»Puh«, raunte ich, »da hat aber jemand einen über den Durst getrunken.«

Ich fühlte vorsichtig ihre Stirn. Sie war fast unterkühlt. Hier konnte ich sie nicht liegenlassen, ohne mir später unterlassene Hilfeleistung vorzuwerfen. Kurz überlegte ich, einen Rettungswagen zu rufen. Bis zu ihrem Hotel waren es ungefähr sechshundert Meter. Das wusste ich, weil ich sie aus dem *Deichglück* hatte kommen sehen. Wenn ich sie durch den Haupteingang tragen würde, würde der Nachtportier womöglich denken, dass ich sie abschleppen wollte. Was danach passieren würde, mochte ich mir nicht ausmalen.

Ich stieß sie leicht an, wich danach aber sofort wieder

zurück. Immerhin war mir ihr Temperament nicht unbekannt. Keine Regung. Nun schüttelte ich sie etwas kräftiger an der Schulter. Verdammt, wie konnte jemand so tief und fest pennen? Oder war sie bewusstlos? Ich schob ihre Beine von der Sitzfläche und meinen Körper daneben. Wenn ich es nicht schaffte, sie aufzuwärmen, erfror sie mir noch. Vorsichtig legte ich meinen Arm um sie und zog sie an mich heran. Sanft rieb ich ihren Rücken, um die Durchblutung anzuregen. Ich zuckte zusammen, als sie im Schlaf unverständliche Schimpfwörter von sich gab.

»Lizzy, Lizzy … aufwachen, du musst ins Warme.«

»Hau doch ab, lass mich ruhig allein in diesem Kaff.«

Ihr Körper zitterte. Vielleicht ein Zeichen des Aufwachens? Ich würde sie nicht zurücklassen, denn irgendwie fühlte ich mich bei der Aufforderung, zu gehen, nicht angesprochen. Sie meinte sicher eine andere Person. Denn mich nahm sie schließlich nicht wahr.

Mein Herz klopfte verwirrt, als sie sich an meine Brust kuschelte. Ihre zarten Gesichtszüge entspannten sich. Ich wagte kaum, zu atmen. Mir gefiel, was ich spürte. Einen weichen Frauenkörper, der mich ebenfalls warmhielt. Nein, nein, das konnte ich nicht zulassen.

Lisa, verzeih mir.

Eine Sekunde nur, dann würde ich erneut den Versuch starten, sie zu wecken. Eine Sekunde.

»Lizzy, wach auf.«

Ein leises Seufzen entwich ihrer Kehle, dann begann sie zu allem Überfluss auch noch zu schnarchen.

Noch ein weiteres Momentchen. Dann würde ich mich gegen dieses Gefühl wehren. Ich verstand das Ganze ohnehin nicht, Lizzy war gar nicht mein Typ. Aber der

Zufall hatte es gewollt, dass wir uns über den Weg gelaufen, besser gesagt gegeneinander gelaufen waren. Irgendwie fühlte ich mich dafür verantwortlich, dass sie nicht hier erfror.

Abgesehen von der Alkoholfahne roch sie gut. Vorsichtig neigte ich meinen Kopf über ihren Haarscheitel und sog ihren Duft ein. Als sich meine Lider genussvoll schlossen, wich ich erschrocken zurück. Das durfte nicht sein. Mein Bruder meinte des Öfteren, dass Lisa nicht gewollt hätte, dass ich mein Leben lang Trübsal blies. Doch ich wollte es so. Ich ertrug die Vorstellung nicht, Lisa zu verraten, indem ich ohne sie glücklich wurde.

Lizzy seufzte im Schlaf. Ob sie von der Liebe träumte? Oder hatte sie sich ebenfalls der Einsamkeit verschrieben?

Langsam wurde mir kalt. Fieberhaft überlegte ich, was zu tun war. Erneut versuchte ich, sie wachzurütteln. Einige Passanten gingen an uns vorbei und starrten neugierig herüber. Sachte durchsuchte ich ihren Parka nach der Zimmerkarte fürs Hotel. Mein erster Griff förderte ein vollgerotztes Papiertaschentuch zutage. Der zweite kam der Sache schon etwas näher: ein Kassenbon über einen Cappuccino im Café *Deichblick*. Sie hatte keine Handtasche dabei, also durchsuchte ich die anderen Fächer der Jacke. Ich pfiff leise durch die Zähne. Ich war doch recht schlau. In einer der Brusttaschen steckte das verlangte Objekt.

Ich schob die Zimmerkarte zurück in die Tasche und erhob mich schwerfällig. Meine vierzig Jahre alten Knochen rebellierten wegen der unbequemen Sitzhaltung und des verdrehten Aufstehens. Zerknirscht blickte ich in Richtung des Hotels. Gut und gerne sechshundert Meter waren es bis dorthin. Vielleicht könnte ich Lizzy dazu bringen, selbst zu gehen? Ich hob einen Arm der Schnapsleiche an und ließ ihn wieder fallen. Er plumpste ohne jede Körperspannung hinunter. Na gut, dann eben anders.

Sie war leichter, als ich gedacht hatte. Sobald ich sie hochnahm, lehnte sie ihren Kopf an meine Schulter und seufzte wohlig. Ich riskierte einen Blick auf ihre geschlossenen Augen. Dünne Fältchen zeichneten sich drum herum ab. Dem Anschein nach lachte sie viel. Das hatte ich bisher nicht bei ihr erlebt.

Schwerfällig stapfte ich durch den angetauten Schnee. Der zu allem Übel mit Frost überzogen war. Es war aber auch verdammt kalt. Sogar der Leierkastenmann hatte seine Bemühungen, die Urlauber in Festtagsstimmung zu bringen, aufgegeben. Stille lag über dem Ort. Eine stille Nacht. Ach herrje. Warum dachte ich ausgerechnet an dieses Lied? Ich visierte den Eingang des Luxushotels an. Ungefähr vierhundert Meter lagen noch vor mir. Ob ich Lizzy noch mal absetzen sollte? Würde sie dann die letzten Meter selbst laufen können? Sie wurde immer schwerer, und meine Arme schmerzten.

Vorsichtig ließ ich sie hinunter. Doch ihre Beine gaben sofort nach, und sie sank in sich zusammen. Ich musste aufpassen, dass Lizzy nicht mit ihrem Allerwertesten in die nasse Schneemasse rutschte. Kurz dachte ich darüber nach, sie einfach in den Schnee sinken zu lassen, denn eine nasse Hose würde sie vielleicht wecken. Doch diesen gemeinen Gedanken verwarf ich gleich wieder. Mühevoll hob ich sie erneut hoch. Ich schnaufte. Der Blick auf die Zimmerkarte hatte mir verraten, dass sie im dritten Stockwerk untergebracht war. Ich war mir ziemlich sicher, dass es im Hotel einen Fahrstuhl gab.

Ich behielt recht. Die silberglänzenden Türen des Lifts fielen mir beim Eintreten sofort auf. Alles hier war auf Luxus ausgelegt. Marmorfliesen auf den Fußböden in hellem Beige, bedeckt von kostbaren Brücken mit Motiven der Nordsee. Die Bar war bereits geschlossen, doch auch dort glänzten Chrombeschläge und, wie es schien, vergoldete Bierzapfanlagen. Warum hatte Lizzy sich nicht hier die Kante gegeben? Dann wäre sicher einer der Angestellten parat gewesen, sie auf ihr Zimmer zu begleiten. Ich konnte mir allerdings gut vorstellen, dass die Preise hier nicht gerade reizvoll waren für einen geplanten Alkoholabsturz.

Die Tür des Fahrstuhls schloss sich mit einem leisen Zischen. Laufend kontrollierte ich, ob mich jemand sah. Sofort rauschten wir in Windeseile in den dritten Stock. Silberne Tannenbäume zierten hier jeden Eingang. Ich verdrehte die Augen. Warum musste man für die vier Wochen während der Adventszeit einen derartigen Aufwand betreiben?

Es gestaltete sich etwas umständlich, die Schlüsselkarte vor die Tür zu halten, denn Lizzy nahm mir die Sicht. Nach einigen ungeschickten Versuchen klappte es endlich.

Im Zimmer schlug mir ein Geruch entgegen, der an Tannengrün und Vanille erinnerte. Ich legte die schwer gewordene Lizzy auf dem zerwühlten Bett ab. Dann beobachtete ich sie nachdenklich. Durfte ich sie allein lassen oder würde sie, sobald sie wach wurde, wieder auf die Straße rennen? Aber mal ehrlich, war das mein Problem? Das alles hier ging mich im Grunde nichts an, trotzdem hatte ich es nun zu meiner Sache gemacht. Damit fiel es mir schwer, den Dingen einfach ihren Lauf zu lassen. Ratlos ließ ich mich in einen der Sessel fallen. Nach einer Weile zog ich meine Jacke aus und schaute auf die schlafende Frau. Die ich nicht einmal richtig kannte.

Gegen drei Uhr morgens überfiel mich eine bleierne Müdigkeit. Was wäre schon dabei, wenn ich mich auf die andere Seite des großen Bettes legte und für ein paar Minuten die Augen schloss? Den Gedanken kaum zu Ende gedacht, schlüpfte ich, angekleidet, unter die frisch bezogene Bettdecke, riskierte einen Blick zu der Frau neben mir und schlief unverzüglich ein.

6

LIZZY

Unerträgliche Kopfschmerzen hinderten mich daran, die Augen zu öffnen. Straßenlärm drang an meine Ohren. Eines der Fahrzeuge schien an einem Motorschaden zu leiden. Ein Zischen, untermalt von einem Brummen und … einem Knurren? Seit wann knurrte ein Auto? Das hatte ich bisher noch nicht erlebt, und sei der Wagen noch so sehr beschädigt.

Schlagartig riss ich die Augen auf, was ich sofort bereute. Das Deckenlicht hatte ich brennen lassen. Es blendete mich, als ob ein Laserstrahl sich durch meine Netzhaut bohrte. Ich kniff die Augen wieder zusammen. Langsam besann ich mich auf den abendlichen Ausflug in die Bar. Der Anisgeschmack des Küstennebels waberte in meiner Mundhöhle, als ob ich hunderte Gläser getrunken hätte. Ein Mann mit roten Haaren erschien vor meinem inneren Auge. Richtig, Lukas. Ich hegte meine Zweifel, ob er jede Runde mitgetrunken hatte, denn sonst hätte er nicht weiterarbeiten können. Oder war er das vielleicht gewohnt? Trotzdem … Er war süß und verständnisvoll gewesen – und hoffentlich auch verschwiegen, was seine Gäste anbelangte. Er hatte einen herben, würzigen Duft getragen, der mir gefallen hatte.

Meine Nasenflügel zuckten. Ich drehte den Kopf mit geschlossenen Augen nach rechts, wo ein ähnlicher Geruch herkam. Vor lauter Schreck kniff ich die Lider fester zusammen. Ich hatte ihn doch nicht …? Da, wieder dieses Knurren, das immer mehr an ein Schnarchen erinnerte.

Lizzy von Seefeld! Wie hatte diese Kneipentour gestern geendet? Blinzelnd riskierte ich erneut einen Blick. Ein Körper, noch dazu ein männlicher, lag im Bett neben mir. Oh mein Gott, ich hatte den Barkeeper abgeschleppt? Oder eher er mich? Heftige Schauer durchliefen mich. Auf den zweiten Blick würde sich sicherlich herausstellen, dass da bloß Silvi lag, die zurückgekehrt war. Doch nein, es blieb dabei. Ich kontrollierte meinen Körper. Meine Hand schnellte unter die Decke zur Unterwäsche. Ich trug immer noch die Jeans vom Vorabend. So schlimm konnte ich also nicht in den Abgrund abgerutscht sein.

Ein Specht schien sein Unwesen in meinem Kopf zu treiben. Hatte ich irgendwo eine Kopfschmerztablette? Für gewöhnlich nahm ich stets eine kleine Reiseapotheke mit. Aber das war jetzt nebensächlich. Ich sollte zuerst den Barmann rauswerfen. Doch dazu musste ich mal aufstehen. Ich zwang mich, Körperspannung aufzubauen. Dieser unmögliche Vogel in meiner Birne musste noch andere Werkzeuge dabeihaben. Mein Kopf stand kurz vorm Zerplatzen. Ich stützte mich auf die Unterarme ab. In diesem Moment rührte sich der fremde Körper neben mir. Vor Schreck stieß ich einen Schrei aus. Unsere erschrockenen Blicke trafen sich. Das war die Höhe. Jakob? Wie kam der in mein Bett?

»Lizzy, endlich ausgeschlafen?«, murmelte er müde.

»Aber so was von. Was tust du hier?«

»Auf dich aufpassen.«

»Spinnst du? So einen dummen Spruch habe ich lange nicht mehr gehört!« Ich war außer mir. Hatte er etwa ausgenutzt, dass ich leicht angetrunken gewesen war? Aber warum erinnerte ich mich an rein gar nichts? Wie viele von den kleinen Gläschen hatte ich weggehauen?

Jakob sprang mit Schwung aus dem Bett. Ich hielt den Kopf schief. Interessant. Der sonst so selbstsichere, gar überhebliche Jakob wirkte nun äußerst unsicher. Er stammelte irgendein Zeug zusammen, in etwa: »Du warst bewusstlos, und ich habe dich aus einem Strandkorb aufgelesen und in dein Zimmer befördert. Weißt du eigentlich, wie schwer du bist?«

Ich schnappte nach Luft. Auf so eine charmante Weise hatte mich noch niemand auf mein Übergewicht angesprochen. Oder hatte ich einiges falsch verstanden? Denn ich konnte mir nicht vorstellen, dass er mich wirklich auf Händen getragen hatte. Ich beschloss, sicherheitshalber zur Gegenwehr überzugehen.

»Du hast meine Situation ausgenutzt?«

Er wehrte den Vorwurf mit beiden Händen panisch ab. »Sicher nicht, im Gegenteil, ich habe dich vor Schlimmerem beschützt!«

Ich war jetzt auch aufgestanden und kreuzte die Arme fest vor meiner Brust. »Vor noch Schlimmerem, als mit dir im Bett aufzuwachen?«

Ich funkelte ihn wütend an.

Wenn Jakob eben noch in Kampfstellung vor mir gestanden hatte, so sackte er nun in sich zusammen. Offenbar hatte ich ihn verletzt. Ich empfand zunächst Genugtuung, war ich doch aus unserem Streit als Siegerin hervorgegangen. Dann hatte ich jedoch das Gefühl, es übertrieben zu haben. Seine Gesichtsfarbe wirkte mit einem Mal grau. Aber wie konnte ich zu weit gegangen sein? Schließlich war er in mein Zimmer eingedrungen, ohne dass ich es gewollt oder zugelassen hätte.

Plötzlich fiel mir etwas ein.

»Hat uns jemand gesehen?«, entfuhr es mir entsetzt.

Ein Grinsen zupfte an seinem Mundwinkel. »Das war unvermeidbar. Da war der Nachtportier, dann noch der Zimmerservice, der den Sekt anlieferte, und das Zimmermädchen, das ich wieder fortgeschickt habe.«

Mir stand der Mund offen. Der Atem kam nur noch stoßweise. Hatte der Typ Humor, oder sagte er die unverblümte Wahrheit?

»Sag sofort, dass du mich anlügst.«

»Ich lüge nie, aber ich nehme dich gern auf den Arm – nicht nur sinngemäß. Bloß nicht täglich.« Er lachte, dabei blitzten weiße Zähne auf, und um die Augen herum bildeten die Lachfalten einen angenehmen Kontrast zu seinen hohen Wangenknochen und dem süßen Grübchen in der linken Wange.

»Ich brauche eine Kopfschmerztablette und danach einen starken Kaffee«, murmelte ich resignierend.

»Da ich dich auf Händen durch St. Peter getragen habe, wäre eine Einladung zum Frühstück vielleicht angemessen?«

»Klar, auch das bekomme ich hin.«

Jakob schlich sich immer weiter in mein Herz. Dieser übellaunige Mann, der mehr und mehr aufzutauen schien, hatte eine Chance verdient. Auch wenn ich mir an ihm die Finger verbrannte.

Ich verzog mich ohne weitere Worte ins Bad, um zu duschen. Ich vertraute darauf, dass Jakob mir nicht folgte. Doch insgeheim hätte ich nichts dagegen gehabt. Ich verdrehte die Augen über diese Gedanken, inzwischen war ich nicht besser als Silvi. Die lange Zeit ohne einen Mann und Zärtlichkeiten hatte mich mürbe und gierig gemacht. Ich beeilte mich im Bad und erschien wenige Minuten später erfrischt auf dem Balkon. Wo Jakob versonnen auf das Meer schaute. Sein sanftes Lächeln überraschte mich positiv.

»Ich wäre dann so weit«, sagte ich. »Möchtest du auch noch unter den Strahl hüpfen?«

Jakob zögerte. »Wenn es dir nichts ausmacht, würde ich mich tatsächlich gern frischmachen.«

Ich zeigte ihm, wo er neue Handtücher fand, und zog mich sehnsuchtsvoll zurück. Mein Herz klopfte. Ich hatte noch gesehen, was unter seinem Pullover zutage gekommen war. Ein Bild von einem Mann. Meine Haut kribbelte unter dem Blick, den er mir zugeworfen hatte.

Um mich abzulenken, starrte ich hinaus auf die Nordsee. Ging zeitweise im Zimmer auf und ab, um danach wieder die Aussicht zu genießen. Zumindest gab ich das vor, denn ich konnte mich kaum auf diese atemberaubende Landschaft konzentrieren. Ich zuckte ertappt zusammen, als Jakob plötzlich neben mir auftauchte. Er duftete nach meinem Duschgel, und mein Deo schien er ebenfalls benutzt zu haben. Ich zog eine Augenbraue hoch und grinste.

Er lüftete den Pullover und schmunzelte. »Heute trage ich eine weibliche Note. Ich hoffe, es gefällt dir?«

Über seinen verschmitzten Augenaufschlag musste ich lachen. »Ich komme damit klar. Lass uns los, bevor es nichts mehr beim Frühstücksbuffet zu finden gibt.«

7

JAKOB

Ich hatte nicht vorgehabt, einzuschlafen, aber es war trotzdem passiert. Zuerst hatte ich geglaubt, Lizzy würde mich töten, so wütend war sie darüber, mich in ihrem Bett vorzufinden. Verständlich einerseits, ein Fall von ›selbst schuld‹ andererseits. Ich war nicht sonderlich scharf auf volltrunkene Frauen. Aber Lizzy hatte ich nicht einfach ignorieren können. Sie war derart hilflos gewesen, dass ich es nicht für angemessen befunden hatte, sie ihrem Schicksal zu überlassen.

Die Bedienung erschien mit frischem Kaffee und zündete die roten Kerzen am Tisch an, vier an der Zahl. Zunächst wollte ich sie darum bitten, das gesamte Weihnachtsgesteck zu entfernen. Doch etwas hinderte mich daran. Ich erinnerte mich an die Zeit, als ich das Fest bei meiner Oma gefeiert hatte. Zu jeder Adventszeit hatte sie eine CD der nordischen Gruppe Kielwater eingelegt.

Wir zünden eine Kerze an.

Meine Großmutter hatte beim Zuhören immer Tränen

der Rührung in den Augen gehabt. Gedankenverloren setzte ich aus meiner Erinnerung den Text zusammen.

Wir zünden eine Kerze an, ihr Licht geht nun von Hand zu Hand.
Der erste Sonntag im Advent
Ist wie vom Himmel ein Geschenk.
Kalte Dämmerung weit und breit.
Warten auf die Weihnachtszeit.
Doch dunkel wird es trotzdem nicht.
Denn bald schon leuchtet dir ein Licht.

Wir zünden eine Kerze an,
ihr Licht geht nun von Hand zu Hand.
Und dann hinaus in diese Welt,
Wo ein Friedenslicht so fehlt.
Wir zünden eine Kerze an ...

Jeden Sonntag ein Licht mehr.
Der Kalender ist bald leer,
Gibt wie ein Baum jetzt Blatt für Blatt
Seine letzten Tage ab.
Doch dunkel wird es trotzdem nicht.
Denn im Herzen brennt ein Licht.
Günther Sack-Rathmann

. . .

Ein sehr gefühlvolles Lied, mit nicht weniger stimmiger Melodie. Lizzy riss mich aus der Erinnerung.

»Alles in Ordnung? Habe ich etwas Falsches gesagt?« Ihre Stimme klang besorgt. Ich hatte nicht bemerkt, dass sie mich so aufmerksam beobachtet hatte. Verwirrt kehrte ich aus meinen Gedanken zurück in das Frühstückszimmer des Hotels. Sie sah unglaublich süß aus, wie sie mit schräg gelegtem Kopf den Blickkontakt zu mir suchte. Wie konnte dieses bezaubernde Wesen etwas Falsches gesagt haben?

Ich musste mich zusammennehmen. *Verzeih mir, Lisa.* Langsam war ich dieser Frau verfallen. Oder wie sollte ich mir sonst meine Reaktionen auf sie erklären? Ich schüttelte mich kurz, in der Hoffnung, dass meine Gedanken dann eine andere Richtung einschlagen würden. Ein Brötchenkrümel haftete an Lizzys Oberlippe. Zum Anbeißen.

»Nein, aber entschuldige mich bitte, ich muss jetzt leider gehen.« Abrupt legte ich meine Serviette neben den Teller, rückte den Stuhl polternd nach hinten und lief mit großen Schritten zum Ausgang.

Trotz der Kälte, die draußen herrschte, erreichte ich schweißgebadet die überfüllte Straße. Obwohl es noch nicht einmal Mittagszeit war, kuschelten schon Pärchen mit Glühweinbechern in den Händen. Andere Menschen bummelten durch die Geschäfte und traten mit vollen Tüten wieder heraus. Man könnte annehmen, dass aus ihren Augen der Weihnachtsmann leuchtete, mit all der Vorfreude auf das Fest. Wann würde diese verdammte Tradition endlich abgeschafft werden? Ich wäre einer der Ersten, der eine Petition dafür unterschriebe. Alles in mir schrie nach Lisa, doch immer wieder tauchte auch das besorgte Gesicht Lizzys vor meinem inneren Auge auf.

Lisa, verzeih mir.

Ich sehnte mich nach der Abgeschiedenheit meines Zimmers in der Pension. Dort würde ich mir die Decke über den Kopf ziehen und darauf warten, dass das neue Jahr begann. Dabei blieb zu hoffen, dass Frau Schlüter mir keinen Strich durch die Rechnung machte. Ich nahm mir ein Taxi. Selbst die wenigen Kilometer nach St. Peter-Dorf waren mir an diesem Vormittag zu viel. Ich war die halbe Nacht gelaufen, nun hatte ich meine Freude daran verloren.

Seit Lisa mir genommen worden war, rannte ich durchs Leben, ohne irgendwo anzukommen. Ich wünschte mir so sehr ein Ziel, doch die Suche danach bliebe wohl auf immer erfolglos.

Lisa, warum tust du mir das an?

Sofort schämte ich mich, dass ich meiner sanften, liebevollen Lisa die Schuld gab. Aber war sie nicht schuld? Oder war es der liebe Gott? Feierte nicht das gesamte Land die Geburt dessen Sohnes? Welch verrückte Idee.

8

LIZZY

Wie vom Donner gerührt, blieb ich zurück, nachdem Jakob mich hatte sitzen lassen. Was hatte ich ihm nur getan? Eben noch hatten wir schweigend unser Frühstück verzehrt. Es war sehr gut, auch wenn meine Kopfschmerzen es nicht zuließen, dass ich mit großem Appetit aß. Mir war leicht übel, und der Küstennebel lag mir immer noch schwer im Magen. Ich tupfte meinen Mund mit einer Serviette ab, legte sie unsicher neben meinen Teller und starrte aus dem Fenster, das den Blick aufs Meer freigab. Normalerweise ein Traum, aber in mir herrschte Leere, und ich war nicht in der Lage, die wunderschöne Landschaft zu genießen.

Zugegeben, ich war wütend gewesen, als ich Jakob neben mir im Bett vorgefunden hatte, doch er hatte mich überzeugen können, dass nichts geschehen war, und ich hatte mich wieder einigermaßen beruhigt. Ich schämte mich lediglich für meinen nächtlichen Zusammenbruch wegen des Alkohols. Wie hatte ich mich nur so gehen lassen können? Das war mir noch nie passiert. Schon gar nicht allein in einer Spelunke, in der hauptsächlich Männer abhingen. Doch die Aussicht, Heiligabend allein in St. Peter-Ording zu verbringen, passte mir so gar nicht in den Kram.

Silvi meldete sich nicht mehr. Weder, um mir zu sagen, dass sie gut angekommen war, noch, um zu berichten, wie die Versöhnung mit ihrem Freund ausgegangen war. Normalerweise teilten wir alle Ereignisse und Neuigkeiten in unserem Leben miteinander. Doch meine allerbeste Freundin hüllte sich in Schweigen. Zu gern hätte ich ihr von Jakob erzählt, und dass er mein Herz zum Rasen brachte. Ich weigerte mich jetzt aber, sie anzurufen. Schließlich war sie Hals über Kopf aus unserem Feriendomizil abgehauen. Ich musste mich für nichts entschuldigen. Das lag nun an ihr. Ich mutmaßte, dass die Versöhnung nach ihrem Geschmack verlaufen war oder sie enttäuscht in ihrer Wohnung hockte, mich aber nicht anrufen wollte. Ob ich doch …? Nein, ich konnte in gewissen Dingen stur sein, und diese Situation gehörte dazu.

Meine Gedanken kehrten zurück zu Jakob. Sein übereilter Abgang ärgerte mich, dennoch fragte ich mich, was der Grund gewesen sein mochte. Je mehr ich darüber nachdachte, desto weniger glaubte ich, dass ich etwas damit zu tun gehabt hatte. Immer noch nachdenklich zog ich mich auf mein Zimmer zurück. Meine Kopfschmerzen hatten ihren Höhepunkt erreicht. Nachdem ich eine weitere Tablette eingeworfen hatte, legte ich mich aufs Bett. In wenigen Sekunden war ich eingeschlafen.

Ein himmlischer Traum ereilte mich, und ich lächelte versonnen ob der Berührungen, die Jakob mir bescherte. Während ich träumte, wuchs meine Gewissheit, mich in ihn verliebt zu haben. Jakob lief davon, und ich versuchte vergeblich, ihn einzuholen. Ich rannte und rannte, bis der Schweiß aus all meinen Poren drang. Doch der Mann meiner Sehnsucht war unerreichbar. Ich lief durch hohe Schneewehen, versank darin und glaubte zu ersticken. Ich kämpfte mich aus dem Schneegefängnis heraus, stürzte erneut und war innerhalb kürzester Zeit durchgefroren bis in die Zehenspitzen.

Panisch öffnete ich die Augen. Ich hatte die Balkontür offenstehen lassen. Eisige Kälte strömte ins Zimmer. Erst jetzt wurde mir klar, dass ich geträumt hatte. Mein Bettlaken war zerwühlt, die Zudecke lag auf dem Boden, und ich hatte die Nachttischlampe umgeworfen. Nie wieder Alkohol, schwor ich mir. Dann schloss ich die Balkontür, ohne auf den Ausblick auf die Nordsee zu achten.

Später traute ich mich dann doch, noch mal nach draußen zu gehen. Die herbe Seeluft weckte meine Lebensgeister. Das Hämmern in meinem Kopf ließ etwas nach, und ich atmete tief durch, bis es mir ein Lächeln auf die Lippen zauberte. Mit Handschuhen und einem dicken Schal ausgerüstet, stapfte ich über den Teerdeich, durch die Landgewinnung, ein Naturschutzgebiet. Die Stille umarmte meine Seele, und ich fühlte mich von Minute zu Minute besser. Nie wieder Alkohol. Doch was blieb, war die unergründliche Sehnsucht nach Jakob.

Bevor ich den Deich verließ, sprach mich ein alter Mann an. Er saß auf einer Bank und zwinkerte mir freundlich zu. Tiefe Falten durchzogen sein wettergegerbtes Gesicht. Meine Großmutter hatte immer ›Lebenswege‹ dazu gesagt. Demzufolge hatte er bereits viele Wege hinter sich gebracht. Seine freundlichen Augen erweckten sofort mein Vertrauen. Wie von einem Magneten angezogen lief ich auf ihn zu. Ein warmes Lächeln war mein Lohn.

»Moin, junge Frau, wie geht es dir?«

Spontan verriet ich ihm, dass ich einen Kater hatte und verliebt war. Ich war selbst erschrocken, als ich meinen Worten lauschte. Warum erzählte ich diesem Greis, wie ich mich fühlte? Doch was soll's, ich würde ihm nie wieder über den Weg laufen, und so konnte ich meinen Gefühlen Luft machen.

Er kniff die ohnehin kleinen Augen zusammen. »Du bist nun allein hier, an diesem wundervollen Ort der Liebe und Sehnsucht? Ich finde, das solltest du nicht sein.«

Ich lachte bitter auf. »Ich hatte mir das ehrlich gesagt auch anders vorgestellt, aber nun ist es so. Weihnachten und der ganze Rummel können mir gestohlen bleiben.«

Das Gesicht des alten Mannes wurde ernst. Fast fürchtete ich, er würde mit mir schimpfen. Doch dann meinte er mit seiner dunklen, warmen Stimme: »Du irrst dich, auch du brauchst dieses Fest der Liebe. Du weißt es nur noch nicht. Aber glaube mir, du wirst ein schönes Weihnachten verbringen und es auch nie wieder vergessen.«

Die Worte des Mannes berührten mich tief. Wenn ich es nicht besser wüsste, hätte ich ihn als Zauberer bezeichnet. Oder war er gar der Mann, der am vierundzwanzigsten Dezember in die Häuser …? Quatsch, welch unsinnige Idee.

»Wolltest du über die Landgewinnung wandern?«

Ich nickte unsicher. Soviel ich wusste, war das nicht verboten. Trampelpfade zeugten davon, dass vor mir viele andere hier entlanggegangen waren. Er schien mit sich zu hadern.

»Könntest du mich ein Stück mitnehmen? Ich fühle mich zu schwach, um allein zu gehen, aber ich mag es so sehr.«

Ich schluckte. Er war zu schwach, würde sich aber in meiner Begleitung auf den Pfad trauen? Durfte ich ihm den Wunsch abschlagen? Ich war mir sicher, er hatte in jungen Jahren vielen Menschen geholfen, wo immer sie es benötigten. Ich spürte instinktiv, welch ein gutherziger Mensch er war.

»Selbstverständlich, wenn ich Ihnen damit eine Freude machen kann.«

»Du musst mich nicht siezen, ich heiße Anton.«

Ich lachte befreit. »Also gut, Anton, lass uns gehen.«

Ich kam näher und hielt ihm meinen Arm hin, damit er sich bei mir einhaken konnte. Er hievte seinen krummen Körper hoch und nahm wohlwollend lächelnd den dargebotenen Arm. »Lass uns in den Kampf durch das Dickicht aufbrechen.«

Meine Laune war plötzlich überaus gut, und ich freute mich, mit Anton einen Spaziergang zu unternehmen. Wir schwiegen eine Weile und wanderten über den Pfad, der uns, wenn Anton die Strecke schaffte, in den Ortsteil Böhl führen würde. Anton schien glücklich, in meiner Obhut den unebenen Weg entlanggehen zu dürfen. Ich betrachtete heimlich sein Profil. Trotz der Kälte trug er lediglich einen dicken Strickpullover. Seine Füße steckten in klobigen Stiefeln, die offensichtlich schon bessere Zeiten gesehen hatten.

»Anton?«

»Ja, min Deern?«

»Bist du der Weihnachtsmann?« Die Frage war mir

einfach so herausgerutscht. Beinahe schämte ich mich für meine Naivität.

Doch Anton grinste mich väterlich an. »Möchtest du das gern?«

Ich überlegte kurz. »In gewisser Weise schon, aber dann wärst du nicht real, und ich finde es schön, dich getroffen zu haben.«

Anton feixte. »Nun, ich *bin* real.«

Dabei blieb offen, ob er den Weihnachtsmann meinte oder eben den Anton, den ich hier getroffen hatte.

»Stimmt.« Ich fiel in sein Grinsen ein. »Wo feierst du denn dieses Fest der angeblichen Liebe?«

Auf wackeligen Beinen blieb er stehen, sah zu mir auf und schien zu überlegen. Ich wäre nicht verwundert gewesen, wenn er gesagt hätte, dass er dann mit einem Haufen Arbeit unterwegs sei.

»Du wirst es schon noch herausfinden«, erwiderte er geheimnisvoll. Er schob wieder seinen Arm unter meinen, dann gingen wir langsam weiter.

9

JAKOB

Der Taxifahrer sah mich im Rückspiegel an. »Na, lange Nacht gehabt?«

Dabei schmunzelte er, als ob er die Antwort bereits kennen würde.

»Eher eine kurze, aber es ist okay.« Ich hoffte, damit seine Neugierde gestillt zu haben. Mir stand nicht der Sinn nach Smalltalk, schon gar nicht mit einem Menschen, der mich in der nächsten Minute wieder vergessen würde.

»Sie sehen etwas mitgenommen aus. 'ne Mütze voll Schlaf und es läuft wieder, glauben Sie mir.«

Ich nickte langsam. Woher wollte er wissen, wie es mir danach gehen würde? Er hatte doch nicht die geringste Ahnung, wie es in mir aussah.

»Weihnachten ist nicht Ihr Ding, hab ich recht?« Seine Augen wanderten abwechselnd vom Rückspiegel zur Straße.

»Würden Sie sich bitte ausschließlich darum kümmern, was auf der Straße passiert? Ich bin wirklich hundemüde und will heil nach Hause kommen.«

Der Fahrer senkte das Kinn. Offenbar deutete er damit an, dass er mich verstanden hatte. Von nun an schwieg er.

Es dauerte zum Glück nicht lange, bis das Taxi vor der Pension haltmachte. Ich zahlte den ausstehenden Betrag und beeilte mich, auszusteigen.

»Falls wir uns nicht mehr treffen, frohes Fest«, sagte der Fahrer noch.

Ich rollte mit den Augen. Fröhlich würde der Dezembermonat für mich nie mehr werden.

Meine besorgte Wirtin empfing mich mit einem erleichterten Hallo. »Ich habe mir schon Sorgen um Sie gemacht. Sie waren die ganze Nacht unterwegs?«

»Jetzt bin ich ja hier«, murmelte ich tonlos. Ich wollte nur auf mein Zimmer, doch Frau Schlüter schien anderes mit mir vorzuhaben. Sie stellte sich mir in den Weg und sah mich aus grauen Augen herausfordernd an.

»Kommen Sie doch ins Frühstückszimmer. Meine Freundinnen haben mich versetzt, und ich weiß nicht, was ich mit den vielen schönen Dingen auf dem Büfett anfangen soll. Außerdem ist ein zweites Frühstück allein nur halb so schön.«

Meine Bemühungen, sie zu überzeugen, dass ich keinen Hunger hatte, prallten an ihr ab und hielten sie nicht davon ab, mich durch die Tür zum Frühstücksraum zu schieben. Es gelang ihr nur, weil ich keinen Widerstand leistete, denn sie war viel kleiner als ich. Sie hatte wirklich alle Register gezogen, um ein schmackhaftes Büfett herzurichten. Es duftete nach Krabben und verschiedenen Sorten von Fisch. Dazu gab es Rührei und Schinken, mehrere Wurstsorten, die bereits etwas unter der Wärme der Heizungsluft gelitten hatten, und duftende Brötchen vom

Bäcker um die Ecke. Frau Schlüter zwinkerte mir freundlich zu, dann schob sie mich auf einen Stuhl. In ihren Händen schien ich willenlos zu sein.

Ehe ich mich's versah, stand eine Tasse mit dampfendem Kaffee vor mir. Geschickt teilte Frau Schlüter ein Körnerbrötchen mit einem scharfen Messer und legte die beiden Hälften vor mir auf den Teller. Erst dann rückte sie einen Stuhl zurecht, den sie für sich beanspruchte. Etwas verwundert betrachtete ich die weiteren Gedecke. Das gestärkte weiße Tischtuch wirkte sehr gepflegt und sauber. Frau Schlüter bemerkte meinen fragenden Blick und lächelte sanft.

»Die Paare aus Zimmer fünf und sechs werden jeden Moment zu uns stoßen. Ich habe sie ebenfalls gebeten, dabei zu helfen, die Leckereien zu verputzen.« Sie lachte vergnügt und klatschte in die Hände. »Hach, ich liebe solche unverhofften Treffen mit meinen Gästen. So etwas bleibt auf ewig in Erinnerung.«

Obwohl ich nichts dazu sagte, redete sie munter weiter. »Ich wüsste nicht, mit wem ich diese Erlebnisse lieber teilen würde. Meine Söhne kann ich damit nicht hinter dem Ofen hervorlocken. Der Rest meiner Familie hat auch kein Interesse. Sie würden sich allenfalls kaputtlachen darüber, dass ich solchen Gelegenheiten einfach nicht widerstehen kann.«

Hingebungsvoll zündete Frau Schlüter drei rote Kerzen an. Mit einem verklärten Gesichtsausdruck schaute sie in die Flammen. Ich unterdrückte ein Augenrollen, das sich mir wie sonst in solchen Momenten aufdrängte. Doch Frau Schlüter saß mir direkt gegenüber, ich wollte sie nicht verletzen. Ich setzte all meine Hoffnung in die Herrschaften aus den anderen Zimmern. Sobald sie eintrafen, würde ich mich höflich für die Einladung bedanken und galant verabschieden.

Doch daraus wurde nichts. Ich vernahm ein Kichern im Hausflur, im Anschluss daran fiel die Haustür leise ins Schloss. Meine Vermutung wurde in dem Augenblick bestätigt, als ich zum Fenster hinausschaute. Die Gäste, auf die wir warteten, schlichen sich, in dicke Mäntel gehüllt, aus dem Haus. Verstohlen sahen sie sich noch mal um. Dann verschwanden die vier hinter den vom Schnee bedeckten Heckenrosen.

Als Frau Schlüter meinem Blick folgte, wäre ich am liebsten in Grund und Boden versunken. Sie biss auf ihre Unterlippe.

»Na, die hätten doch sagen können, wenn ihnen meine Einladung nicht passt.«

Ich zuckte hilflos mit den Schultern. Ich wusste doch selbst, wie schwer es war, der Pensionswirtin etwas abzuschlagen.

»Aber was soll's, umso mehr bleibt für uns, nicht wahr, mein Junge?« Ob sie meinen Namen vergessen hatte oder ich ab jetzt einfach ihr Junge war, erschloss sich mir nicht. Doch so viel stand fest, ich konnte sie mit dem opulenten Mahl nicht alleinlassen.

Umständlich erhob Frau Schlüter sich von ihrem Stuhl und schlurfte zum CD-Player, der auf einer kleinen Kommode neben dem Büfett deponiert war. In aller Seelenruhe schaltete sie das Gerät ein. Ein leichter Schauer überkam mich. Ausgerechnet der Song *Wir zünden eine Kerze an* durchbrach die Stille des Raums. *Der erste Sonntag im Advent* ... Ich schloss gequält die Lider.

»Eines meiner Lieblingslieder«, kommentierte sie. Ich räusperte mich. Mein Lächeln misslang mir, doch Frau Schlüter schien es nicht zu bemerken oder zu ignorieren.

»Ja, ich kenne es noch von den Feiern bei meiner Großmutter«, erwiderte ich zögernd.

»Ihre Oma ist verstorben?«

»Vor vielen Jahren bereits, ja.«

»Das tut mir leid, darf ich die Musik trotzdem laufen lassen?«

»Natürlich, Frau Schlüter, es ist Ihr Zuhause.«

Zufrieden nickte die alte Dame und ließ sich wieder auf ihren Stuhl sinken. Sie stopfte die Stoffserviette in den Ausschnitt ihrer bunten Bluse. Ich musste nun doch über die Frau schmunzeln, die alles daransetzte, mich für sich zu gewinnen. Zumindest, was das Frühstück anbelangte. Langsam bestrich ich eine Brötchenhälfte mit Butter. Dann griff ich nach dem Rührei und reichlich Krabben.

»Guten Appetit«, wünschte Frau Schlüter mit einem sanften Lächeln.

Ich musste zugeben, es war köstlich, trotz der Musik, die ich weitgehend versuchte auszublenden. Frau Schlüter kniff die Augen zusammen und sah mich eindringlich an.

»Sie sind ein sehr trauriger Mann. Liegt es daran, dass die Adventszeit mit allem, was dazugehört, Ihr Gemüt beschwert? Ich kenne das von früher, als mein Mann mich plötzlich wegen eines tödlichen Unfalls verließ.« Sie schwieg nachdenklich. Dann hellte sich ihr Gesicht auf. »Es wird besser, glauben Sie mir. Man muss hart daran arbeiten, aber dann kann es gelingen, zurück ins Leben zu finden.« Ich hielt mit Kauen inne und starrte sie an. Sie nickte zufrieden. »Ich wusste es doch.«

»Ich rede nicht gern darüber, aber Sie haben recht«, gab ich zu.

Frau Schlüter biss sich auf die Lippe, doch sie schwieg und forderte mich nicht weiter auf, mich zu öffnen. Aber ich tat es trotzdem.

»Meine Freundin hatte am Heiligen Abend einen tödlichen Unfall, von dem ich mich bis heute nicht erholt habe.«

Mein Gegenüber schlug sich entsetzt die Hand vor den Mund, dabei schaute sie mich mit aufgerissenen Augen an.

»Oh, mein Gott, das tut mir sehr leid. Manchmal ist der Wille des Herrn«, sie wies mit dem Zeigefinger gen Zimmerdecke, »nicht zu verstehen. Ich hoffe, dass Sie eines Tages einen Sinn darin sehen und mit allem ins Reine kommen.«

Ich schnaubte verächtlich. »Diesen Willen des Herrn werde ich mein Leben lang nicht annehmen, geschweige denn ihn verstehen.«

Die Worte waren mir so herausgerutscht. Doch ich spürte deutlich, wie gut es mir tat, mit einer neutralen Person über den Unfall meiner geliebten Lisa zu sprechen.

10

LIZZY

Antons Schritte wurden schleppender. Für mich ein Zeichen, dass er umkehren sollte. Doch er winkte ab, als ich ihm den Vorschlag machte.

»Es ist nicht mehr weit zum Leuchtturm, bis dahin schaffe ich es noch. Dort kannst du mich absetzen und weiterlaufen.«

»Ich soll dich bei der Kälte allein zurücklassen? Wie kommst du dann wieder von dort weg?« An sein leises Lachen hatte ich mich inzwischen gewöhnt. Es fühlte sich an wie eine sanfte Umarmung, von der ich nicht genug kriegen konnte.

»Am Leuchtturm habe ich mein Ziel fast erreicht, sorge dich nicht um mich. Ich finde, wir sind ein schönes Stück gemeinsam gegangen, ich werde dies stets in guter Erinnerung behalten.«

»Ich auch, Anton, aber ich habe den Eindruck, mein Leben würde mit dir an meiner Seite wesentlich unbeschwerter ablaufen.«

»Du siehst Gespenster, Deern, ich bin ein alter Mann, der dir nur zur Last werden würde. Ich komme sehr gut zurecht, glaub mir.«

Mir blieb nichts anderes übrig, als ihm zu vertrauen, immerhin kannten wir uns kaum. Und doch, er war für mich an diesem Tag eine Bereicherung geworden, die ich nie mehr missen wollte.

Am Ziel angekommen, nahm er meine Hände in seine. Dabei sah er mich freundlich an. »Ich danke dir sehr, dass du mich eine Weile mitgenommen hast. Es soll dir belohnt werden, du wirst sehen.«

»Aber Anton, ich will doch keine Gegenleistung von dir, ich fand unseren Ausflug wunderschön.«

Anton zwinkerte mir zu. »Du wirst an diesem Weihnachten die Liebe finden, die du verdienst.«

Ich lachte auf. »Mensch, Anton, dazu müsstest du zaubern können. Ich bin ein hoffnungsloser Fall.«

»Diese Fälle sind die schönsten.« Er ließ sich auf der Bank vor dem Leuchtturm, dem Wahrzeichen Böhls, nieder. »Frohes Fest, liebe Elisabeth.« Er nannte mich beim vollen Namen. Für gewöhnlich mochte ich das überhaupt nicht. Doch aus Antons Mund klang es richtig.

Mit einem unguten Gefühl ließ ich Anton allein zurück. Mehrmals drehte ich mich nach ihm um, doch plötzlich war er nicht mehr zu sehen. Ob er mir etwas vorgespielt hatte? War er doch besser zu Fuß, als er vorgegeben hatte? Ich zuckte mit den Schultern, zog meinen Schal fester um mich und machte mich auf den Weg nach St. Peter-Dorf. Eine gute Wegstrecke lag noch vor mir. Ich genoss es, durch die Dünenlandschaft zu gehen. Hier war es windgeschützter als vor dem Deich.

Im Dorf angekommen, beschloss ich, mir im Café einen Tee zu gönnen und mich dabei aufzuwärmen. Anton ging mir nicht aus dem Kopf. Ein liebenswürdiger, aber doch seltsamer Mann. Die Bedienung stellte einen Becher Tee vor mir ab. Er duftete köstlich nach Sanddorn und Holunder. Ich streute etwas Zucker hinein und rührte gedankenverloren um.

Endlich gelang es mir, nicht mehr an Anton zu denken. Dafür schlich sich Jakob in meine Gedanken zurück und verwirrte mich damit vollends. Ich hatte mich schon öfter in einen Typen verguckt, aber Jakob war irgendwie anders. Er zog mich ungemein an. Ob es daran lag, dass er ungewöhnlich unnahbar war? Was würde ich dafür geben, mit ihm einen romantischen Abend am Strand zu verbringen. Am liebsten im Sommer. Im Winter war es in den Dünen für ein Liebesnest wahrlich zu kalt. Ich musste grinsen über meinen Ideenreichtum, während Jakob doch so unerreichbar war.

Schlag ihn dir aus dem Kopf, du Träumerin.

Anton hatte doch eben erwähnt, dass ich noch dieses Weihnachten die große Liebe finden würde. In drei Tagen war das Fest der Liebe. Wenn es stimmte, was er prophezeit hatte, musste da aber bald etwas geschehen.

Das Fenster des Cafés gestattete einen großzügigen Blick auf das Treiben auf der Straße. Eine bunte Mischung aus Erwachsenen und Kindern, die offensichtlich alle gleich aufgeregt waren. Vor einer gefühlten Ewigkeit waren meine Schwestern und ich immer völlig aus dem Häuschen gewesen, wenn es hieß, der Mann im roten Mantel würde bald vor der Tür stehen. Der kam aber nur so lange, bis Vicky an den Augen unseren Onkel Felix erkannt hatte. Dann war der Spaß nur noch halb so groß. Ich war damals sauer auf meine um vier Jahre jüngere Schwester gewesen, weil sie ihre Klappe nicht hatte halten können. Mir war sehr früh klar gewesen, dass sich hinter dem weißen künstlichen Vollbart Onkel Felix verborgen hatte. Doch ich wollte nicht mit dieser Tradition brechen. Das hatte dann Vicky erledigt. Ich glaubte, mich zu erinnern, dass Bente deswegen tagelang geschmollt hatte. Tja, so waren sie, die nervigen Nesthäkchen.

Trotz aller Zankereien hatten wir Geschwister jedoch eine unbeschwerte Kindheit und Jugend. Unsere Eltern waren immer für uns da gewesen, bis zu dem Zeitpunkt, als sie geglaubt hatten, dass wir ohne sie klarkämen. Da hatten sie dann gemeint, dass es Zeit wurde, auszuziehen und das Leben selbst in die Hand zu nehmen. Meine erste Wohnung, die meine Eltern mir gesponsert hatten, hatte aus einem Zimmer und Bad bestanden. Ein sogenanntes Wohnklo mit Küche. Im Winter war es unglaublich kalt gewesen, sodass ich den Gasbackofen als zusätzliche Heizquelle missbraucht hatte. Eine unschöne, aber wichtige Zeit in meinem Leben. Dafür würde ich meinen Eltern ewig dankbar sein. Denn nur so wusste ich nun zu schätzen, was ich inzwischen erreicht hatte. Mein Vater hatte stets behauptet: ›Das Leben ist eine der schwersten Herausforderungen, je früher du das herausfindest, umso besser.‹

Ich bezahlte den Tee und wollte eben nach draußen gehen, als mein Handy in meiner Jacke brummte. Ich hatte es auf lautlos gestellt, um nicht gestört zu werden. Als ich es herausholte, blickte ich in das fröhliche Gesicht meiner Schwester Bente auf dem Display. Ich seufzte genervt.

Sicher wollte sie mich überreden, die Feiertage doch noch bei ihnen, im Schoße der Familie, zu verbringen. Bevor ich das Gespräch annahm, legte ich mir in Gedanken bereits Worte zurecht, um sie davon abzubringen, mich jemals wieder zu fragen. Es war einfach unmöglich mit ihr, sie sollte endlich begreifen, dass ich Weihnachten nicht so traditionell begehen wollte wie sie.

Sie kreischte in mein Ohr: »Lizzy, hast du mit Esther über St. Peter-Ording gesprochen?«

Sofort verwarf ich meine vorbereiteten Argumente und war in Alarmbereitschaft. So hysterisch, wie Bente klang, musste ich annehmen, dass etwas vorgefallen war. Ich überlegte fieberhaft. Natürlich, vor einigen Tagen hatte Esther mich angerufen, was ungewöhnlich war. Ich schluckte. »Ich … Ja, vor wenigen Tagen erst. Ist etwas passiert?«

»Und ob, sie ist weg!«

»Wohin denn?«

»Sie hat mir einen Zettel hinterlassen, dass sie zu dir an die Nordsee will.«

Mir brach der Schweiß aus. Ich warf mir den Mantel nur notdürftig über die Schultern und eilte vor die Tür. Bente war völlig aufgelöst und schluchzte.

»Sie ist erst zwölf«, legte ich unwillkürlich den Finger in die Wunde.

»Ich weiß, wie alt mein Kind ist!«, schrie sie. »Ist Esther bei dir angekommen? Lüg mich nicht an, ich dreh hier durch.«

Ich würde meine Schwester in einer solchen Situation doch niemals anlügen, was dachte sie denn von mir?

»Hör mal, ich habe keine Ahnung, wo Esther ist, ich

mache mir genauso Sorgen um sie wie du.« Mir fiel ein, dass ich nicht im Hotel war und daher nicht sagen konnte, ob sie dort abgestiegen war. Ich vermutete jedoch, sie hätte mich angerufen, wenn sie da wäre. »Hat sie ihr Handy dabei?«

»Weiß nicht, aber normalerweise verlässt sie das Haus nie ohne diesen verdammten Ackerschnacker.«

»Ich vermute, du hast ihre Nummer gewählt, und es klingelt nicht bei euch im Haus?«

»Lizzy, verflucht noch mal, ich werde hier verrückt. Sag mir einfach …«

»Ich bin nicht im Hotel, sondern unterwegs. Vielleicht ist sie dort und wartet auf mich. Ich nehme mir ein Taxi und düse los.«

Bente kreischte nun noch lauter, sicherheitshalber hielt ich das Telefon weiter weg von meinem Ohr. Ich wollte nicht riskieren, auch noch einen Hörschaden davonzutragen.

»Ich melde mich, mach dir nicht allzu große Sorgen. Sie ist immerhin kein Kleinkind mehr.«

Ich hörte noch, wie Bente Luft holte, dann unterbrach ich die Verbindung, bevor sie mir erneut das Trommelfell zu zerstören versuchte. Es hatte wenig Sinn, sie beruhigen zu wollen. Ich musste mich jetzt einfach nur beeilen. Dabei hoffte ich inständig, dass ich meiner Schwester gleich eine Entwarnung übermitteln könnte. Ich hatte zwar keine eigenen Kinder, doch ich verstand, wie sehr Bente litt. Esther war meine geliebte Nichte, daher war ich nicht weniger in Sorge.

Ich rannte auf die Straße und winkte einem Taxi zu. Doch der Fahrer ignorierte mich und gab Gas.

»Mistkerl«, fluchte ich und beeilte mich, zum nächsten Taxistand zu gelangen.

11

JAKOB

Es war bereits Mittagszeit, und ich hockte immer noch mit Frau Schlüter vor dem Büfett, dessen Auswahl inzwischen in der Wärme des Raumes vor sich hinschmolz. Die Wurst glänzte leicht, und der Fischgeruch schwängerte die Luft. Frau Schlüter wurde nicht müde, mir immer wieder etwas anzubieten.

»Ich platze gleich, Frau Schlüter, es war sehr lecker.« Ich hätte hinzufügen sollen, dass es nun Zeit für mich wurde. Jedoch hinderten mich ihre glücklichen Augen mal wieder daran. Ich war eben zu nett. Ich brachte es nicht übers Herz, sie allein zu lassen. Ihre enttäuschten Blicke zu ertragen, als ich weitere Köstlichkeiten ablehnte, fiel mir schon schwer genug. Als sie mich freudestrahlend zum Heiligen Abend zu sich einlud, musste ich jedoch drastischer werden.

»Frau Schlüter.«

»Nenn mich doch Elvira«, flötete sie. »Ich darf doch Jakob sagen?«

»Elvira, klar, ich bin Jakob. Aber ich feiere nicht mit

Ihnen, ich habe andere Pläne. Bitte versuchen Sie mich nicht zu überreden.«

Elvira schmollte leicht, dabei schob sie die Unterlippe vor. Mir schien, als brannten Tränen in ihren Augen. Ich musste jetzt hart bleiben. Ich dachte an Lizzy und dass sie ein ausgezeichnetes Alibi darstellte. Immerhin wollte Elvira mich glücklich sehen. Ich entschied, dass eine Notlüge in diesem Fall erlaubt war.

»Sehen Sie, ich habe diese einsame Frau getroffen …«

»Hach, das ist ja auch viel besser! Ich gratuliere dir, mein Junge.«

Auch das ließ ich zu. Dann war ich jetzt ihr Junge – wenn es sonst nichts war. Warum nicht? Mir gelang ein Lächeln.

»Danke für Ihr …«

»Sag doch bitte Du und Elvira. Das hört sich ja sonst schrecklich amerikanisch an.« Sie kicherte, tupfte ihre Lippen mit der Stoffserviette ab und begann den Tisch abzuräumen. Mir blieb nichts anderes übrig, als ihr zu helfen. »Lass das mal, mein Junge, das ist Frauenaufgabe.«

Okay, ich war hier offenbar der Mann im Haus. So etwas war mir bislang noch nicht untergekommen. Ich rang mit mir, wie ich ihr am besten erklären sollte, dass ich mich zurückziehen wollte. Ich räusperte mich lautstark. »Elvira, ich werde mich verabschieden, wir sehen uns sicher später noch.«

Forsch rückte ich den Stuhl nach hinten und richtete mich zu meiner vollen Größe auf.

»Ich verstehe das, mein Junge.« Sie schmunzelte diebisch. »Ich wundere mich sowieso, dass du es so lange mit mir ausgehalten hast. Ich wünsche dir einen schönen

Tag und vielen Dank für deine nette Gesellschaft. Ich habe mich sehr wohlgefühlt. Wenn ich ehrlich sein soll, so wohl wie schon lange nicht mehr.«

Die Worte aus dem Mund dieser älteren Dame rührten mich. Sie war sicher nicht weniger einsam als ich. Nur dass ich diese Stille um mich herum selbst gewählt hatte.

»Ich habe den Vormittag gern mit dir verbracht. Die Kielwater-CD erinnert mich an meine Jugend und meine Oma. Vielen Dank für alles.« Umständlich schob ich mich an ihr vorbei.

»Ach, übrigens, das nächste Mal, wenn du gehen willst, sag es einfach, ich bin nicht die Mimose, für die man mich oft hält.« Elvira zwinkerte mir wissend zu. Ich ersparte mir einen Kommentar, sondern nickte nur dankbar. Erwischt!

Ich verzog mich auf mein Zimmer und lauschte den Geräuschen, die Elvira in der Küche verursachte. Sie hatte die Musik lauter gestellt, die nun ungefragt, mit all den Emotionen, die dazugehörten, in mein Zimmer drang.

Trotz der Abneigung gegenüber dem Lied mit dem Kerzenwunder schlief ich mit einem Lächeln ein.

12

LIZZY

Endlich entdeckte ich an der Kirche ein parkendes Taxi. Hektisch klopfte ich an die Scheibe, um auf mich aufmerksam zu machen. »Sind Sie frei? Ich muss dringend zum Hotel *Deichkind*.«

Der Fahrer faltete in aller Seelenruhe seine Zeitung zusammen, stellte seinen Kaffeebecher in den Fußraum und startete den Motor. Erleichtert schwang ich mich auf den Rücksitz.

»Heute haben es alle Menschen eilig, verfluchter Stress«, brummte er.

»Ich kann Sie verstehen, aber meine Nichte wird vermisst. Wenn ich sie nicht schnell finde, erleidet meine Schwester einen Nervenzusammenbruch.«

Der Taxifahrer schaute mich im Rückspiegel an. Sofort gab er Gas und sauste über die schmalen Straßen von St. Peter.

»Dann wollen wir mal nicht lange trödeln«, meinte er mit rauchiger Stimme.

»Danke schön«, hauchte ich. Gleichzeitig presste ich

meine Handflächen gegeneinander, wie zu einem Gebet. Es war mir bewusst, dass das für einen Weihnachtsmuffel ungewöhnlich war. Aber für Esther lohnte sich Beten allemal. Vielleicht half es in irgendeiner Weise.

Lieber Gott, lass dem Kind nichts passiert sein.

Mein Herz raste. Wenn Esther … Ich traute mich nicht, den Gedanken zu Ende zu bringen. Wie kam sie auch nur auf die Idee, von zu Hause abzuhauen? Bente hatte nichts von einem Streit gesagt. Aber das war typisch für sie. Ihre Kinder waren ihr das Wichtigste auf der Welt, doch sie verschwieg zuweilen, dass nicht immer eitel Sonnenschein herrschte im Hause Wellinger. Zoff gab es nur hinter verschlossener Tür. Ein Erbe unserer Mutter. Bente mimte nach außen hin immer die heile Familie. Nur dass ich sie kannte und genau wusste, wo der Hase im Pfeffer lag.

Wir fuhren viel zu schnell durch eine Kurve, und ich wurde gegen die Tür des Wagens gedrückt. Trotzdem biss ich mir lieber auf die Zunge, statt mich zu beschweren. Ich war dankbar dafür, dass der Fahrer sich beeilte.

»Wissen Sie, ich habe auch Kinder«, sagte er, »und wenn ich mir vorstelle, ihnen passiert etwas Schlimmes … Nicht auszudenken.« Mit einer Vollbremsung hielt er direkt vor dem Eingang des Hotels. Obwohl wir uns in einer Fußgängerzone befanden.

Ich zückte das Geld, überreichte es ihm, inklusive eines großzügigen Trinkgeldes, und stürmte hinaus.

»Alles Gute für Sie und die Kleine!«, rief er mir hinterher, doch ich rannte bereits ins Hotel.

Suchend sah ich mich um. »Esther? Bist du hier?«

Umstehende Leute guckten interessiert zu mir herüber. Doch von meiner Nichte kam keine Antwort. Ich schritt alle Sitzgelegenheiten ab. Am Empfang, an der Bar, wobei ich sie hier am allerwenigsten erwartete, weiter hinten im Spabereich und wieder zurück. Ich ging noch mal nach draußen und schaute die Straße hinauf in Richtung Strand. Kein bekanntes Gesicht war zu sehen.

»Esther«, flüsterte ich angespannt, »wo steckst du?« Tränen brannten unter meinen Lidern. Die Kälte kroch noch schneller unter die Haut als sonst.

Mit schleppenden Schritten kehrte ich zurück ins Hotel. Ich warf mich in einen der Ledersessel beim Empfang, dabei überlegte ich fieberhaft, wo ich sie noch suchen sollte. Ob ich mal probieren sollte, sie übers Handy zu erwischen? Die Hoffnung starb bekanntlich zuletzt. Ich wählte über die Kurzwahltaste ihre Nummer und lauschte angespannt dem Freizeichen.

Der Anruf wurde durchgestellt. Lautes Schluchzen war zu hören. Dann: »Lizzy?«

»Baby, wo bist du?« Ich versuchte ruhig zu atmen, um nicht so zu klingen, wie es in mir aussah. Sorgenvoll und panisch.

»Ich weiß nicht so genau, aber irgendwo in St. Peter-Ording.« Gott sei Dank, ihr war nichts zugestoßen, und sie war tatsächlich in Nordfriesland angelangt. Allerdings weinte sie nun bitterlich. Vor lauter Aufregung kamen wir wohl beide nicht auf die Idee, uns mit Google Maps über ihren Standort zu informieren.

❄

»Wie bist du hergekommen?« Vielleicht konnte ich mir dadurch einen Reim darauf machen, wo sie ungefähr war.

»Mit dem Zug.«

Okay, der Bahnhof war in St. Peter-Dorf. Die Frage war nun, in welche Richtung sie danach gegangen war. Ich versuchte es aus ihr herauszukitzeln. »Bist du weit gelaufen?«

»Nein, hier ist ein Supermarkt, dort wollte ich mir etwas zu essen kaufen. Ich bin fast verhungert.«

Typisch für meine Nichte. Der Vorwurf in ihrer Stimme sollte mir ein schlechtes Gewissen bereiten. Was ihr beinahe gelang. Ich schluckte.

»Ich fürchte, Liebes, daran bist du selbst schuld. Weißt du eigentlich, wie viel Sorgen wir uns gemacht haben?«

»Echt?« Sie verstummte.

»Echt. Was hast du denn gedacht?«

»Dass eh niemand bemerken würde, wenn ich weg bin.«

Die traurigen Worte zerrissen mir das Herz. Warum nur dachte sie, dass wir sie nicht zur Kenntnis nahmen? Trotzdem legte ich ein wenig Strenge in meine Stimme.

»Esther, du kannst doch nicht einfach deine Sachen packen und verschwinden. Alle sind voller Angst um dich.«

»Sollen sie mal Angst haben, das haben sie nicht anders verdient.« Esther schniefte kläglich am anderen Ende der Leitung.

Ich wünschte, ich könnte sie durch den Hörer zu mir ziehen. Leider war dies nicht möglich. Ich zwang mich, ruhiger zu werden. »Schau dich mal um, was siehst du?«

»Viele Menschen und Autos, eine Tankstelle …«

»Okay, geh zur Tanke, frag nach der Adresse und warte dort auf mich.«

»Die ist ziemlich weit weg. Lizzy, ich bin so müde.«

»Da musst du jetzt durch. Aber warte, schau erst beim Bahnhof nach, ob dort ein Taxi steht.«

»Da sind einige.«

Ich atmete tief durch. »Gut, dann nimm dir einen Wagen und lass dich zu meinem Hotel bringen. Ich übernehme die Rechnung.« Ich nannte ihr die Adresse und war erst einmal erleichtert.

»Ich wusste, dass du mir helfen würdest.« Sie heulte los.

»Du müsstest eigentlich einen Denkzettel bekommen.« Meine Sorge schlug um in Verärgerung.

»Ich bin jetzt am Taxistand, du meinst wirklich, ich soll …?«

»Jaaa, los jetzt! Ich warte auf dich.«

Ich war wütend auf Silvi. Hätte sie mir nicht das Auto weggenommen, hätte ich Esther persönlich abholen können. Ich vergewisserte mich, dass meine Nichte im Wagen saß, und rief sofort meine Schwester an.

»Dem Himmel sei Dank«, raunte sie erleichtert, nachdem ich ihr alles berichtet hatte.

»Der Himmel hat da nun wirklich nichts mit zu tun. Ich melde mich, sobald Esther bei mir ist. Dann überlegen wir, wie sie nach Hause kommt.«

»Ich hole sie morgen ab!«, rief Bente so laut in den Hörer, dass ich mich erneut um mein Trommelfell sorgte.

Nachdem ich aufgelegt hatte, zog ich mir den Schal fester um den Hals und bewegte mich zum Ausgang. Dort hielt ich Ausschau nach dem Wagen, der meine Nichte zu mir brachte. Es hatte wieder angefangen zu schneien. In Schleswig-Holstein machte das Wetter, was es wollte. Eine genaue Prognose gab es nur selten. Ich sah zur Straße Im Bad hinüber. Auf die rosa leuchtenden Christbäume vor jedem Geschäft legte sich ein Umhang aus Schnee. Dadurch wirkte alles noch weihnachtlicher. Diese Romantik fand ich recht überflüssig. Dennoch erweckte der Anblick bei mir eine Sehnsucht nach Harmonie, gegen die ich mich nicht zu wehren vermochte.

Endlich entdeckte ich aus der Ferne einen Wagen, der wegen der Glätte nur langsam fuhr. Mir kam es sehr langsam vor. War dies das Auto, in dem meine Nichte saß? Mein Herz klopfte wild vor lauter Aufregung. Ich könnte sie mit Vorwürfen überschütten oder sie dankbar in meine Arme schließen. Als sie dann tatsächlich aus dem Taxi ausstieg, entschied ich mich spontan für Letzteres.

Sie sah erschöpft und unsicher aus, war aber ansonsten ganz meine Esther. Löcher in den Leggings, rot-gelbe Ringelsocken, dazu ein Kapuzensweatshirt mit Farbklecksen aus dem Kunstunterricht und ein dicker schwarzer Lidstrich, der sie trauriger wirken ließ, als sie offensichtlich ohnehin schon war. Ich eilte auf sie zu, weil ich fürchtete, dass sie vor dem Taxi in die Knie sinken und zu weinen anfangen würde. Fast wäre ich auf dem glatten Gehweg ausgerutscht, fing mich aber noch rechtzeitig. Vorsichtig nahm ich das zitternde Etwas in die Arme.

»Mir ist schrecklich kalt«, jammerte sie. Automatisch rieb ich über ihre Oberarme.

»Komm schnell ins Warme, ich bestelle uns einen Tee auf das Zimmer, dann können wir in Ruhe reden«, bestimmte ich mit fester Stimme, obgleich mir ebenfalls zum Heulen zumute war. Ich bezahlte den Taxifahrer, und Esther ließ sich von mir in die Hotellobby führen.

Nachdem wir eingetreten waren, blieb sie mit offenem Mund stehen.

»Hammer ist das hier!«, frohlockte sie, und seltsamerweise waren ihre Tränen sofort versiegt. Esther war plötzlich voller Energie. »Hier ist es doch viel schöner, und es sind so viele Leute hier, die man beobachten kann. Das ist herrlich.« Sie umarmte mich kurz und löste sich dann von mir. Mit leuchtenden Augen lief sie in der Hotellobby umher.

»Esther!«, rief ich ihr hinterher, aber sie reagierte nicht.

Genau so ein Verhalten war der Grund, weshalb ich mir überlegte, ob ich überhaupt eigene Kinder haben wollte. Doch leider spielten da oft die Hormone die Hauptrolle. Wenn es an der Zeit war, vergaß Frau alle guten Vorsätze. Aber dass Bente sie gleich viermal vergessen hatte … Das war ein Wunder der Natur.

13

JAKOB

Die Dunkelheit hatte sich bereits über den Ort gelegt, als ich die Augen öffnete. Zunächst glaubte ich, dass es tiefe Nacht wäre, aber ein Blick auf meine Uhr entlarvte den Eindruck als Irrtum. Trotz des üppigen Mahls bei Frau Schlüter verspürte ich Hunger und schwang meine Beine aus dem Bett.

Einen Moment blieb ich auf der Bettkante sitzen. Ich hatte unglaublich fest geschlafen, so fest wie schon lange nicht mehr, seit Lisas Unfall. Ob die Musik, die aus der Küche drang, schuld daran war? Ich schüttelte mich. Unsinn, ich war in der Nacht bloß enorm weit gelaufen, noch dazu die paar hundert Meter mit Lizzy auf dem Arm. Dann hatte ich ihren Schlaf bewacht und war später selbst eingeschlafen.

Ich grinste bei der Erinnerung. Ihre Wut darüber, mich in ihrem Bett vorzufinden, war köstlich gewesen. Sie war äußerst hübsch, wenn ihre Augen vor Wut funkelten. Ein schlechtes Gewissen plagte mich ob dieser belustigten Gedanken. Sollte ich mich mal informieren, ob es ihr gutging? Vielleicht war sie mir inzwischen ja dankbar?

Vergiss es, Jakob.

Ich sprang schnell unter die Dusche. Meine Haut roch immer noch sehr intensiv nach Lizzys Körperpflege. Ich musste mir eingestehen, dass der Geruch mich irritierte. Außerdem stand ich nicht auf feminine Düfte. Zumindest nicht an mir. Ich war großzügiger als gewöhnlich mit der Verwendung meines Aftershaves. Dann kleidete ich mich neu an und verließ die Pension, um mir irgendwo eine Kleinigkeit zu essen zu besorgen. Dabei achtete ich darauf, nicht zu laut die Treppe hinunterzugehen, um zu vermeiden, dass Frau Schlüter mich hörte.

Ich hätte Lust gehabt auf ein schönes Glas Rotwein, vorzugsweise am Strand, aber dafür war es mir dann doch zu kalt. Es schneite wieder. Ich setzte eine Wollmütze auf und raffte den Kragen der Jacke hoch. Meine Schritte erzeugten im Schnee knirschende Geräusche. Wie damals, als ich noch ein Kind gewesen war, legte ich den Kopf in den Nacken und ließ mein Gesicht von der weißen Pracht berieseln. Unwillkürlich schlug ich den Weg in Richtung Bad ein. Ein unsichtbares Band zog mich magisch dorthin. In meinem Innersten rebellierte etwas, doch mein Herz ignorierte es. Mich trieb es an einen Ort, wo ich auf Lizzy treffen könnte. Ich stellte mir ihre funkelnden Augen vor, die mich um den Verstand brachten. Ebenso ihre Stimme, die so sanft klingen konnte, wenn sie mal nicht sauer auf mich war.

Der Schneefall wurde stärker, und in wenigen Minuten sah ich aus wie ein Schneemann. Es war ein leichter Niederschlag, der nicht feucht an den Klamotten hängen blieb, sondern wie Puderzucker den Körper bedeckte. Ich musste wieder an meine Kindheit zurückdenken. Ich war damals ganz verrückt nach dieser weißen Pracht gewesen und hatte jede freie Minute draußen in Garten meiner Eltern oder im Park verbracht, wo es eine Rodelbahn gab, auf der wir Kinder uns ausgetobt hatten, bis es dunkel wurde. Meine Mutter hatte es nicht gekümmert, mein Bruder und ich waren frei in unserer Zeiteinteilung gewesen. Das Abendbrot bei uns hatte so ausgesehen, dass sich jeder eine Stulle schmierte und sie vorm Fernseher verputzte.

Ich hatte kaum Regeln einzuhalten und auch keine Aufgaben übertragen bekommen, es sei denn, meine Mutter brauchte eine neue Flasche Korn. Damals war es nicht ungewöhnlich gewesen, wenn Kinder für ihre Eltern Schnaps kauften. Die Tante Frieda aus dem Nachbarsladen hatte uns gekannt und hin und wieder ein Auge auf mich und meinen Bruder Karl gehabt. Doch sie hatte nie Einfluss auf das genommen, was meine Mutter mit uns tat – oder nicht tat. Erst als wir öfter bei meiner Oma zu Besuch waren, hatten wir lernen müssen, uns an Regeln zu halten. Was wir im Grunde unseres Herzens gut fanden, doch am Anfang war meine Oma oft an der Sturheit ihrer Enkel verzweifelt.

Eines Tages war es dann so weit gewesen, dass meine Mutter in eine Klinik eingewiesen worden und ich zusammen mit Karl ganz zu Oma gezogen war. Von diesem Zeitpunkt an hatten wir uns geborgen gefühlt und gewünscht, dass unsere Mutter für immer dortbliebe, wo sie war. Meine Oma hatte uns die Liebe gegeben, die wir stets vermisst hatten. Sie hatte dafür gesorgt, dass wir

Pausenbrote dabeihatten und nach der Schule eine warme Mahlzeit auf dem Tisch stand.

Dann fand ich Lisa. Eine weitere positive Veränderung in meinem Leben. Sie hatte bedingungslos hinter mir gestanden, sie hatte mich geliebt und ich sie förmlich angebetet.

Lisa, ich vermisse dich so sehr.

Meine Mutter war früh an den Folgen des Alkohols gestorben. Die erste Erfahrung mit dem Tod für mich. Damals hatte ich das gar nicht so wahrgenommen. Schließlich hatten Karl und ich uns gewünscht, dass sie nie wiederkäme. Wir waren an ihrem Grab gestanden und hatten nicht gewusst, was wir dabei fühlen sollten. Meine Oma hatte um ihre Tochter geweint, für die sie sich gewünscht hatte, wieder ohne Alkohol leben zu können. Wenige Nachbarn hatten der Trauerfeier beigewohnt. Am Schluss der Beerdigung hatten sie meinem Bruder und mir über den Kopf gestrichen. Am liebsten hätte ich sie angelacht und ihnen gesagt, wie ich mich wirklich fühlte. Nämlich befreit.

Natürlich war das bei Lisas Tod anders gewesen. Die tiefe Trauer und die Leere, die sie in mir hinterlassen hatte, waren unerträglich gewesen, und daran hatte sich nichts geändert.

Unvermittelt blieb ich stehen. War ich nicht bei Trost? War ich wirklich auf dem Weg nach St. Peter-Bad, um auf Lizzy zu treffen? Lisa, Lizzy, die beiden Namen hatten auch noch die gleiche Herkunft. Mein Herz und mein Verstand drohten zu zerspringen. Sollte hier das Schicksal die Finger im Spiel haben? Ich drehte noch durch.

Wie automatisiert lief ich weiter. Eine Träne löste sich

aus meinem Augenwinkel, und ich wischte sie wütend mit der von Schnee bedeckten Hand weg. Warum ich ausgerechnet jetzt an meine Kindheit denken musste, war mir rätselhaft. Lange hatte ich die Vergangenheit verdrängt. Nun war sie präsenter als je zuvor.

Ich erreichte St. Peter-Bad durchgefroren und mit einer aufgewühlten Seele. Ich sehnte mich nach Lisas Humor, der mich hatte eine Leichtigkeit erleben lassen, die unheimlich wichtig für mich gewesen war. Sie war meine Heimat gewesen, sie hatte mir Wurzeln verliehen und mit ihrem Tod wieder genommen.

Lisa hätte nicht gewollt, dass du ein Leben in Traurigkeit führst.

Das hatte Elvira mir ans Herz gelegt, nachdem ich ihr von Lisa erzählt hatte. Es kam mir immer noch verwunderlich vor, dass ich das getan hatte. Ich sprach für gewöhnlich nie über meinen Schmerz.

Ich lief an dem Hotel vorbei, in dem Lizzy wohnte. Doch ich zwang mich, nicht hinüberzuschauen. Gleichzeitig zerrte etwas an mir, dass ich hineingehen und nach ihr sehen sollte. Meine Bewegungen waren hölzern, als ob ich einen Stock verschluckt hätte.

Links von mir entdeckte ich eine Bratwurstbude. Es duftete nach Glühwein und Pommesfett. Mein knurrender Magen wies mir den Weg. Mehrere Stehtische standen zur Verfügung, die von einigen Leuten in Beschlag genommen waren. Ich reihte mich bei den Wartenden ein und verharrte geduldig, bis ich meine Bestellung aufgeben konnte. Ich entschied mich für einen alkoholfreien Glühwein, in der Hoffnung, dass er mich wärmte. Hinter mir vernahm ich Frauenstimmen, die sich offenbar nicht so recht einigen konnten, ob es nun einen Hot Dog oder etwas anderes auf die Faust geben sollte.

Ich erhielt meine Bratwurst mit Pommes und wandte mich um. Dabei stieß ich mit jemandem zusammen. Meine Bratwurst rollte vom Pappteller und landete auf dem Boden. Fluchend hob ich sie auf, um sie zu entsorgen. Nun blieb mir lediglich eine Portion Pommes, um meinen Magen zu füllen. Ich richtete mich wieder auf und blickte in Lizzys blaue Augen. Sie prustete los.

»Können wir uns eigentlich auch mal ohne Aufprall treffen?«

»Offenbar nicht«, erwiderte ich.

Lizzy war nicht allein, ein Mädchen von ungefähr zwölf Jahren stand neben ihr und schaute mich voller Neugier an.

14

LIZZY

Das hatte mir noch gefehlt an diesem Chaos-Tag mit meiner Nichte. Jakob war wie aus dem Nichts aufgetaucht. Sein Blick verriet zuerst nicht, ob er wieder sauer auf mich war. Doch dann zupfte ein Lächeln an seinen Mundwinkeln. Er schaute Esther an, und es wirkte so, als fragte er sich, ob sie meine Tochter sei. Schnell klärte ich die Sache auf, indem ich die beiden miteinander bekannt machte.

»Darf ich vorstellen, meine Nichte Esther. Esther, das ist Jakob, wir haben uns zufällig getroffen.«

Esther riss die Augen auf und pfiff anerkennend durch die Zähne. Bente konnte diese Angewohnheit überhaupt nicht leiden. Ich dagegen fand es immer bewundernswert, wie sie es schaffte, diesen Pfeifton hinzubekommen. Ich hatte es oft versucht, aber bei mir kam dabei nur zischende Luft heraus. Jetzt allerdings schien mir ihre Reaktion reichlich unangebracht.

»Moin, freut mich, dich kennenzulernen. Ich wusste gar nicht, dass meine Tante von solchen Schnitten wie dir umgeben ist.«

»Esther! Sei nicht so frech.«

Jakob musste lachen. »Ich denke, ›frech‹ ist der falsche Ausdruck. Ich fühle mich sehr geschmeichelt.«

Er deutete eine leichte Verbeugung an, wobei eine Handvoll Schnee von seiner Mütze fiel und direkt auf meinen Schuhen landete.

Esther himmelte ihn an. Dieses Kind! Sie war einfach nur peinlich.

»Keine Ursache, ich sage immer die Wahrheit. Leider kommt es dabei oft vor, dass ich in ein Fettnäpfchen trete.« Esther strahlte.

Ich lief rot an. Ihr Benehmen war zwar nicht meiner Erziehung geschuldet, aber mir war es trotzdem überaus peinlich. Keck stibitzte Esther eine Pommes von Jakobs Pappteller und biss genüsslich hinein. Kauend nickte sie.

»So was würde ich auch essen«, meinte sie an mich gewandt.

Esther war für ihr Alter sehr aufgeschlossen. Meine Schwester würde ›frech‹ sagen. Langsam musste ich Bente recht geben. Als wir so alt gewesen waren wie Esther, wären wir lieber in Grund und Boden versunken, als für Aufsehen zu sorgen.

Jakob begann die mittlerweile abgekühlten Kartoffelstifte in die Mayonnaise zu tunken und sich in den Mund zu schieben.

Esther schubste mich an. »Tante Elisabeth, ich habe Hunger.«

Jetzt reichte es mir. Tante? Seit wann sagte sie das? Sie wusste genau, dass ich das nicht mochte. Ich fühlte mich dann uralt. Der Verdacht, dass Esther mit Jakob flirtete, erhärtete sich mit jeder Sekunde. Sie wollte mich wegschicken, um mit ihm allein zu sein. Ich zückte jedoch mein Geld aus der Jackentasche, reichte ihr einen Schein und forderte sie auf, mir etwas mitzubringen.

Sie maulte beleidigt: »Warum immer ich?«

»Weil du meine Dienerin bist. Das Leben ist kein Ponyhof«, konterte ich energisch.

Esther warf mir einen verwirrten Blick zu. Dann ordnete sie sich in die Reihe der wartenden hungrigen Menschen ein. Ich musste grinsen. Ihr war schon bewusst, dass ich am längeren Hebel saß. Immerhin hatte sie mich gebeten, Weihnachten bei mir in St. Peter verbringen zu dürfen. Ich hatte es erlaubt – unter Vorbehalt. Denn ich wusste, dass Bente nie ihre Einwilligung dazu geben würde.

Jakob sah Esther belustigt hinterher, dann verfingen sich unsere Blicke. Mir wurde trotz der Kälte heiß unter der Mütze. Mein Herz schlug so wild in meiner Brust, dass ich schon befürchtete, es würde jeden Moment herausspringen.

Jakob wies mit dem Daumen hinter sich. »Kann es sein, dass sie mit mir flirtet?«

»Ich fürchte, ja. Bitte entschuldige, sie ist mitten in der Pubertät und unberechenbar.«

Jakob lachte auf. »Das ist mir durchaus bewusst. Keine Angst, es besteht keine Gefahr, dass ich ihr verfalle.«

Nee, du bist ein harter Brocken, das habe ich bereits bemerkt.

Ich schluckte einen dicken Kloß herunter. Dieser Mann brachte mich völlig durcheinander.

»Ich habe das auch nicht angenommen«, sagte ich tonlos.

»Wie geht es dir?« Er warf einen Blick in Esthers Richtung, um sicherzugehen, dass sie uns nicht belauschte. Ein Pluspunkt für ihn, dass er darauf Rücksicht nahm.

»Geht so, ich brauche dringend eine Runde Schlaf. Aber mit meiner Nichte im Schlepptau wird das schwer.«

»Das kommt davon, wenn der Alkohol in Strömen fließt«, meinte er belustigt. Wenigstens hatte er seine schlechte Laune abgelegt.

»Wer ist betrunken, etwa du, Jakob?«

Wir zuckten beide zusammen, als Esther unvermittelt zwischen uns auftauchte.

»Ach, ein Typ, der eben hier vorbeigetorkelt kam.«

»Ja, genau«, nahm Jakob meine Flunkerei sofort auf. »Der ist wohl besonders in Festtagsstimmung.«

Ich nickte beflissen und drehte mich zur Straße, um anzudeuten, dass er bereits weitergezogen war.

»Das Geld hat nicht mehr für einen Glühwein gereicht. Gibst du mir einen aus?« Esther sah mich unschuldig an.

»Sicher nicht. Allenfalls einen Kinderglühwein kann ich dir anbieten.«

»Och, das ist nicht lustig. Ich brauche dringend einen mit Schuss.«

Ich war entsetzt, und für mich stand fest, dass Bente ihr Kind morgen mit nach Hause nehmen musste. Esther war unmöglich, und ihr Benehmen lief immer mehr aus dem Ruder.

Lachend gab meine Nichte mir einen Knuff. »Mensch, Tanti, ich mache nur Witze.«

Ich holte Luft. »Ich kann ja später darüber lachen. Nun iss deine Wurst, bevor sie kalt wird.«

Jakob räusperte sich.

»Ich werde dann mal wieder, war schön, euch getroffen zu haben«, meinte er, für meinen Geschmack ein bisschen zu förmlich. Aber vielleicht hatte ich mich an Esthers flapsige Tonart gewöhnt und lief Gefahr, mir diese anzueignen.

»Schlaf gut«, hauchte ich mit einem Augenaufschlag zum Niederknien.

Da schob sich Esther zwischen uns, ihre Wurst hatte sie schon verputzt. »Aber der Abend hat doch gerade erst angefangen, wollten wir nicht noch runter zum Strand?«

Sie blinzelte Jakob vielsagend an. Ich wusste nicht, ob es an der Beleuchtung der Weihnachtsbäume lag, aber wurde er tatsächlich rot?

»Ich glaube, du hast mit deiner Tante allein viel mehr Spaß, außerdem bin ich hundemüde. Ein anderes Mal gern.«

Esthers Augen leuchteten auf. »Also dann morgen?«

»Ich kann nichts versprechen, aber vielleicht.«

Fast hätte ich den Boden unter den Füßen verloren. Jakob küsste mich links und rechts auf die Wange, drückte meine Hand leicht, nickte Esther zu und verschwand in der Menschenmenge, die sich Richtung Badstraße bewegte.

»Meine Güte, Lizzy, ist der ein Traumtyp. Warum stellst du dich so unbeholfen an? Schnapp ihn dir, bevor es eine andere tut!«

»Esther, du bist unmöglich.«

»Was denn? Ich habe mit ihm geflirtet, auf Teufel komm raus, aber er hatte nur Augen für dich. Normalerweise stehen alte Männer auf meine Anmache. Jakob ist nicht so.«

Mir blieb die Luft weg. »Du gehst alte Männer an? Warum tust du so etwas?«

Esther grinste. »Nur, um sie zu testen.«

»Jakob ist aber kein alter Mann«, murmelte ich.

»Für mich schon. Für dich … na ja.«

15

JAKOB

Mit raschen Schritten entfernte ich mich von Lizzy und ihrer vorlauten Nichte. Es hatte ziemlich geknistert zwischen Lizzy und mir. Ich musste mich in Acht nehmen. Sie schien mehr für mich zu empfinden, als gut war. Es lag mir fern, sie zu enttäuschen, aber ich war so gar nicht für die Liebe bereit. Sicher war es nicht ganz fair gewesen, sie auf die Wangen zu küssen. Es war einfach über mich gekommen, und ich hatte mir nichts dabei gedacht. Oder doch?

Mein Herz trommelte unaufhörlich in meiner Brust, und das war nicht meinem schnellen Gang zuzuschreiben. Lizzy hatte unglaublich gut gerochen. Die Mischung aus dem Duft der See und ihrem Parfum hatte meine Sinne überwältigt. Ihre roten Wangen waren voller Hitze gewesen, und ihr Atem hatte mein Gesicht gestreift. Ich sah wieder ihre fragenden Augen vor mir, nachdem ich sie geküsst hatte.

Nein, es hatte nichts zu bedeuten. Dennoch versuchte ich ihren Duft heraufzubeschwören, indem ich mich an ihre Nähe erinnerte. Wenn Esther nicht dabei gewesen wäre, wer wusste schon, wie der Abend sich entwickelt hätte. Mit Lizzy am Strand mitten im bitterkalten Ostwind? Ich hätte sie ungern frieren lassen …

Meine Fantasie ging mit mir durch. Verdammt, ich musste mich von ihr fernhalten. Ich dachte an Lisa. Sie wäre mir nicht böse, würde ich mich neu verlieben. Doch ich könnte es mir selbst nicht verzeihen. Mein Bruder würde mir dazu raten, mir eine Frau für eine Nacht zu suchen. Um den Testosteronspiegel wieder in die richtige Bahn zu lenken. Doch dazu müsste ich unter Umständen jemandem sehr wehtun, und das wollte ich einfach nicht, erst recht nicht Lizzy. Sie war so unglaublich rein und ehrlich. Ich hatte von Anfang an gespürt, dass sie Interesse an mir hatte. Ich war nicht stolz darauf. Doch wie lange konnte ich mich noch dagegen wehren? Könnten wir nicht lediglich Freunde werden?

Träum weiter, Jakob.

Ich musste mich ablenken. Ich entschloss mich, in einen Pub einzukehren. Auch wenn ich aufgrund meiner Kindheit den Alkohol scheute, brauchte ich einen Absacker, um in dieser Nacht überhaupt schlafen zu können.

Gefühlte hundert Augenpaare schauten mich neugierig an, als ich die Kneipe betrat. Laute Musik drang an meine Ohren und erklärte mir den Krieg. In der Mitte des Lokals hatte man Platz für eine Tanzfläche geschaffen. Mein erster Gedanke galt der Flucht. Ich mochte keine überfüllten Räume. Laute, angetrunkene Menschen zählten ebenfalls nicht zu meinen Favoriten. Ich schob mich trotzdem zum Tresen durch. Der Barkeeper richtete sofort seine Aufmerksamkeit auf mich.

»Was darf es denn Schönes sein?«, fragte er mich.

Noch unschlüssig, aber gewillt, es hier zu probieren, überlegte ich kurz und bestellte dann einen Whisky mit Eis. Der Barkeeper war etwa in meinem Alter und zwinkerte mir zu. Wenige Minuten später hatte ich ein Glas vor mir stehen. Ich war es nicht gewohnt, Hochprozentiges zu trinken. Ich nippte am Whisky und war erstaunt, wie gut er mir dennoch schmeckte. Heiß rann das goldene Getränk meine Kehle herunter. Eine Leichtigkeit überkam mich, von der ich mehr wollte, sodass ich einen zweiten Whisky bestellte. Mit dem Glas in der Hand drehte ich mich zur Tanzfläche und beobachtete die Menschen in Feierlaune.

Mir fiel beinahe mein Getränk aus den Händen. Dort drüben hüpfte Esther übermütig herum und machte die Männer an, die um sie herumstanden und sie anstarrten. Wütend hielt ich Ausschau nach Lizzy. Wie konnte sie das zulassen? Ich suchte mit den Augen den gesamten Raum ab, fand Lizzy jedoch nicht unter den Anwesenden.

Jetzt nur nichts Unüberlegtes tun. Die betrunkenen Typen würden mich zu Hackfleisch verarbeiten, wenn ich ihnen die Show ruinierte. Esther lachte vergnügt, während die Kerle sie bereits mit Blicken auszogen. Ich knallte mein Glas auf den Tresen und lief zu ihr hinüber. Sie strahlte mich an, als sie mich erkannte. Ihre Wimperntusche hatte ihr Gesicht schwarz betupft. Sie schlang ihre Arme um mich und küsste mich direkt auf den Mund.

»Jakob, wie toll, bist du auch noch nicht müde?« Esther zerrte an meinem Pulli. Sofort schnappte ich mir ihre Hand. »Au, du tust mir weh«, jammerte sie.

»Wo ist Lizzy?«, schrie ich gegen die laute Musik an.

Das süße Früchtchen winkte lässig ab. »Och, die war

müde und ist mitten im Gespräch eingeschlafen, da bin ich noch mal los.«

Ich schob mein Gesicht an ihr Ohr. Dabei wehte mir eine Alkoholfahne entgegen, die mich zusätzlich entsetzte.

»Raus hier, sofort«, befahl ich. Dabei erntete ich einen verständnislosen Blick, aber sie folgte mir ohne Murren ins Freie.

»Bist du von allen guten Geistern verlassen?«, knurrte ich. »Du bist minderjährig, wenn das die falschen Leute erkennen, ist deine Mutter, vor allem aber Lizzy dran. Außerdem ist dein Verhalten mehr als gefährlich. Du bringst dich damit in große Schwierigkeiten.«

»Lizzy kann gar nicht dran sein, sie schläft wie ein Baby.« Esther kicherte albern.

Ich packte ihren Arm und zog sie fort von der Kneipe. »Los jetzt, ab nach Hause.«

»Ich habe hier kein Zuhause«, flötete sie. »Du kannst mich doch mitnehmen.«

»Esther, reiß dich zusammen, sonst …«

»Sonst was? Vernaschst du mich?«

Mir reichte es. Ich zog mein Handy hervor und … Verdammt, ich besaß Lizzys Nummer gar nicht. Hoffentlich war heute ein anderer Portier an der Rezeption als gestern. Schon wieder schleppte ich spätabends jemanden ins Hotel. Noch dazu ein Kind. Langsam sorgte ich mich um meinen Ruf. Dennoch war es keine Option, Esther hier allein zu lassen. Wer wusste schon, was sie als Nächstes anstellte?

»Wer hat dir überhaupt Zugang zu Alkohol verschafft? Es ist, soviel ich weiß, nicht erlaubt, an Kinder auszuschenken.«

Esther schmollte. »Ich bin kein Kind, ich werde im Januar dreizehn.«

»Dann bist du immer noch ein Kind.« Ich wusste, dass ich sie mit der Bezeichnung kränkte. Das war mir jedoch egal. Wer sich so benahm, wie sie es gerade tat, war in meinen Augen weit davon entfernt, erwachsen zu sein.

»Warum verziehst du dich nicht einfach und lässt mich in Ruhe?«

»Ich denke nicht daran«, gab ich knapp von mir und schob sie weiter zum Fahrstuhl. Was für eine Zicke.

Esther hatte keine Zimmerkarte dabei. Ich klopfte laut gegen die Tür, während Esther versuchte, von mir loszukommen. Ich zischte leise: »Hör auf zu zappeln, sonst gibt es gewaltigen Ärger!«

»Du hast mir gar nichts zu sagen! Am besten, du verziehst dich.«

»Du glaubst nicht, wie gern ich das täte.« Erneut klopfte ich gegen die Zimmertür, hinter der Lizzy offenbar in tiefe Träume versunken war.

Eine Frau lief an uns vorbei, nicht ohne mich merkwürdig anzustarren. Ich nickte ihr zu und hob unschuldig die Schultern. »Kennen Sie das? Kinder, die erwachsen werden wollen und es noch lange nicht sind?«

Esther schnaubte wütend. Doch die Frau im langen Kleid nickte plötzlich und zog grinsend davon. Ich bemühte mich, leise weiterzuklopfen. Brachte das überhaupt etwas? Wenn jemand auf der anderen Seite einer verschlossenen Tür fest schlief? Ich rief Lizzys Namen. Dabei fluchte ich innerlich wie ein Kesselflicker.

16

LIZZY

Unruhig wälzte ich mich im Schlaf hin und her. Irgendetwas störte mich. Es war laut. Fast so, als ob draußen Bauarbeiter hämmern würden. Aber mitten in der Nacht? Unwahrscheinlich.

Ich schlug die Augen auf. Sofort war ich hellwach. Wo war Esther? Sie lag nicht neben mir im Bett. Ich schaltete die Nachttischlampe ein und blinzelte gegen das Licht. Esther war nirgends zu sehen. So groß war das Zimmer nicht, sie könnte höchstens noch im Bad …

Da … wieder dieses Klopfen. Das kam von der Tür. Ich sprang aus dem Bett und rannte hin. Mit Schwung riss ich die Tür auf und war wie vom Donner gerührt. Jakob stand dort mit … Esther. Sie versuchte sich zwar hinter seinen breiten Schultern zu verstecken, aber ich erkannte sie trotzdem. Ich schnappte nach Luft.

»Spinnt ihr? Wo wart ihr?«

»Dürfen wir reinkommen?« Jakob schaute sich nach allen Seiten im Flur um. »Ich möchte nicht noch mehr Aufsehen erregen als ohnehin schon.«

Ich gab den Weg frei, und Jakob schob Esther vor sich her. Sofort begann sie zu zetern. »Mensch, dein Typ ist vielleicht ein Spielverderber!«

»Esther«, mahnte ich, »sei ruhig jetzt.« Fragend sah ich zu Jakob.

Er zog die Schultern hoch und verdrehte genervt die Augen. »Ich hielt es für besser, sie persönlich vorbeizubringen. Sie wäre sonst wieder abgehauen.«

Jakobs Blick blieb an meinem Ausschnitt hängen. Erst jetzt bemerkte ich, dass ich in dem dünnen Nachthemd fast nackt war. Mit der linken Hand hielt ich das Oberteil fester zusammen, was nur leider nicht viel brachte.

»Ich versteh das nicht, Esther. Wo bist du gewesen?«

»Sie hat ein bisschen Party gemacht, drüben im Pub.«

Mein Kopf schnellte zu Esther herum, die mit verschränkten Armen auf der Bettkante hockte und trotzig zum Fenster starrte. »Glaub ihm nicht, er übertreibt.«

Mir reichte es.

»Ich rufe sofort bei deiner Mutter an, sie soll dich abholen.« Ich eilte zum Handy.

Plötzlich weinte Esther los wie ein Baby. »Bitte nicht, sie wird böse sein, wenn du sie nachts aus dem Bett klingelst!«

Ich starrte meine Nichte an. »Das hättest du dir vorher überlegen müssen. Ich will die Verantwortung für dich keine Minute länger als nötig tragen.«

Hinter mir vernahm ich Jakobs Räuspern. »Ich geh dann mal. Ihr kommt nun hoffentlich allein klar.«

Am liebsten wäre ich in Grund und Boden versunken. Was musste Jakob nur von uns denken? Er zwinkerte

Esther zu. »Lass das mit dem Alkohol. Meine Mutter hat mir meine Jugend damit versaut. Zerstöre nicht dein Leben, indem du trinkst. Du bist wirklich zu jung für dieses Desaster. Glaub mir.«

»Ich bin doch keine Alkoholikerin!«, schrie Esther wütend auf.

»Sicher nicht, aber auf dem besten Weg dorthin.« Jakob nickte mir zu und verschwand durch die Tür.

Wie betäubt schaute ich ihm nach. Ich konnte ihn zwar nicht mehr sehen, aber seine Gegenwart immer noch spüren.

»Was für ein Spießer«, brummte Esther, immer noch weinend. Sie hockte wie ein Häufchen Elend auf der Bettkante.

Ich machte mir große Sorgen um sie. Was war nur aus dem süßen Wesen mit den unschuldigen hellblauen Augen geworden? Das mir von der Zeit an, als es laufen konnte, entgegengerannt war, mich freudig umarmt und mit mir Lego hatte spielen wollen? Dieses reine Menschenkind, das ich über alles liebte? Für sie würde ich die Kohlen aus dem Feuer holen, wenn es nötig wäre. Doch plötzlich war alles anders. Esther glich einem Kind, das auf dem Weg zum Erwachsenwerden falsch abgebogen war.

Ratlos ließ ich mich neben ihr auf dem Bett nieder. Als sie nicht reagierte, rutschte ich langsam auf den Fußboden, schlang meine Arme um die Knie und legte verzweifelt meinen Kopf darauf ab.

Ich vermochte nicht zu sagen, wie lange ich so dahockte, als ich unvermittelt die Hand meiner Nichte auf meiner Schulter spürte. »Es tut mir leid, Tante Elisabeth.«

Da sie mich so nannte, war mir schon bewusst, dass sie nicht meinte, was sie sagte. Esther verarschte mich bis aufs Letzte. Dennoch wurde mein Herz warm vor Liebe zu dieser Zicke. Esther kam zu mir auf den Boden und legte ihren Kopf an meinen Oberarm. Sofort riss ich sie an mich und drückte sie.

»Du Dummerchen, was ist bloß mit dir los?«

Esthers Körper erbebte leicht. »Ich will kein Kind mehr sein. Denn auch als Kind muss ich für alles herhalten, was bei uns, meinen Geschwistern und mir, schiefläuft.«

Verblüfft schaute ich meine Nichte an. »Warum das? Deine Mutter …«

»Wollte unbedingt wieder arbeiten. Seit einem Vierteljahr arbeitet sie wieder in ihrer alten Firma. Ich habe so viele Aufgaben zu erledigen, dass ich meine Freunde nicht mehr treffen kann. Die beiden Kleinen nerven und sind ungezogen wie sonst was. Wenn etwas schiefgeht, bekomme ganz allein ich die Schuld. Wenn ich wie eine Erwachsene Verantwortung übernehmen muss, wäre es da nicht fair, auch alles zu dürfen, was Erwachsene dürfen?«

Ich war erschüttert. Bente war immer eine Übermutter gewesen, doch nun hatte sie es offenbar aufgegeben, und Esther musste darunter leiden.

»Ich wusste das nicht und verstehe es überhaupt nicht. Du solltest mit ihr darüber reden.«

»Pah, glaubst du, ich hätte es nicht versucht? Ich bin nämlich nicht so hirnlos, wie du jetzt vielleicht von mir denkst.« Sie seufzte. »Das Schlimmste ist, dass Jakob nun auch mitbekommen hat, wie ich ticke. Ich hätte ihn mir so für dich gewünscht.«

»Esther, wir werden alles klären, sobald Bente eingetroffen ist. Bitte glaub mir.«

»Ich glaube dir, vertraue aber meiner Mutter nicht mehr. Es ist ihr völlig gleichgültig, was mit mir ist, solange sie ihrem Traumberuf nachgehen kann.«

»Du willst mit deinem Benehmen nur auf dich aufmerksam machen, stimmt's?«

»Da siehste mal, dass ich gar nicht so ein Hohlkopf bin, was?«

Ich wusste schon immer, dass meine Nichte klug war. Für mich hätte sie so eine Aktion nicht veranstalten müssen. Für Bente offenbar schon. Ich konnte mir gut vorstellen, dass Bente mir nichts von ihrer Berufstätigkeit erzählt hatte, weil sie wusste, wie unlogisch es war, mit vier kleinen Kindern im Haushalt auch noch einen Job ausüben zu wollen. Ich konnte mir auch nicht vorstellen, dass mein Schwager dies von ihr verlangte.

»›Hohlkopf‹ wäre der falsche Ausdruck.« Ich musste lachen. »›Raffiniert‹ trifft es besser.« Ich nahm meine Nichte liebevoll in die Arme. »Wir müssen das aber klären, da kommst du nicht drum rum.«

»Aber Weihnachten kommst du zu uns?«

Ich überlegte kurz, sagte dann aber entschlossen: »Nein.«

»Dann bleibe ich hier bei dir.«

Ich musste grinsen. Esther gab einfach nicht auf.

»Nein, du fährst morgen mit Bente nach Hause, und ihr vertragt euch.«

Esther sah mich vorwitzig an. »Da musst du schon dabei sein, sonst wird das nichts.«

»Ich werde mich nicht in eure Angelegenheiten einmischen, vergiss es. Ich werde es mir hier gemütlich machen und in der Silvesternacht an euch denken, während ich am Strand die Sterne anschaue.«

»Welche Sterne?«, erwiderte Esther trocken. »Schau mal in den Himmel, der ist in dicke Wolken gehüllt. Zusätzlich fällt auch noch Schnee. Du wirst in wenigen Sekunden zur Schneefrau. Eine einsame noch dazu.«

Ich dachte an Jakob. Es wäre mein Traum, am Silvesterabend mit ihm am Strand zu stehen … ach was, stehen? Nein, ich wollte mit ihm heiße Küsse austauschen und eine wundervolle Nacht am Meer erleben. Auch wenn wir hinterher zu Eisklötzen mutierten, wäre es mir egal. Dieser Mann machte mich wahnsinnig. Wie er vorhin dagestanden hatte. Die Hände tief in die Hosentaschen geschoben und mit einem Blick, der jedes Eis zum Schmelzen brachte. So wie mein Herz.

Esther riss mich mit einem Stups aus meinen Gedanken. »Hey Träumerin, du musst dich schon anstrengen, wenn Jakob auf dich aufmerksam werden soll.«

»Aber ich bemühe mich doch«, platzte es aus mir heraus. Was zur Folge hatte, dass mein Gesicht glühte.

Esther lachte herzhaft. »Du musst noch viel lernen, Tante Elisabeth.«

Ich setzte einen gespielt bösen Blick auf. »Nenn mich nicht so, du weißt, wie sehr ich das hasse. Das klingt unglaublich alt.«

»Du bist alt. Aber ich versuche es mir abzugewöhnen, dich Tante …«

Ich drohte mit erhobenem Zeigefinger. Sofort brach Esther ab. Wir warfen uns auf das Bett und lachten übermütig.

»Wäre doch ein Witz, wenn ich dich nicht zur Vernunft bringe.« Ich schniefte. Es flossen reichlich Emotionen durch meinen Körper. Meine süße kleine Nichte. Sie würde schon noch den Weg ins Erwachsensein finden, und ich hatte einen nicht unwichtigen Teil dazu beigetragen.

17

JAKOB

Mit Eindrücken, die ich nur schwer verarbeiten konnte, lief ich erneut zu Fuß nach St. Peter-Dorf. Es war spät geworden, und die Lichter der Weihnachtsdeko waren mein einziger Begleiter durch den verschneiten Ort. Ich schaute zu den Häusern, deren Fenster hell erleuchtet waren. Nicht alle Menschen waren bereits schlafen gegangen. Ich sah Schatten von Liebenden, die sich innig umarmten. Ein alter Mann im Ohrensessel saß anscheinend einsam vor dem Fernseher. Ob ich später auch so dasitzen würde? Allein und vergrämt, weil ich niemanden an mich heranlassen konnte? Im oberen Stockwerk eines Siedlerhauses tobten Kinder. Sie lachten und sangen, obwohl es doch längst Schlafenszeit für die Gören wäre. Ich konnte sie nicht genau verstehen, aber ich vermutete, sie gaben Lieder zum Besten, die ich nicht hören wollte. Es war Weihnachten, und ich ging nicht hin.

Lizzy war außer sich gewesen, als sie Esther gegenübergestanden hatte. Ich war hingegen verzückt von ihrem Aussehen im leichten Nachthemd gewesen. Aber es rührte mich auch zutiefst, zu sehen, wie sehr sie sich um ihre Nichte sorgte. Ich hatte in meiner Jugend nie das Glück gehabt, dass jemand derart besorgt um mein Wohlergehen gewesen wäre. In diesem Moment machte mich die Erkenntnis traurig. In meinen Ohren erklang das Lied, das Frau Schlüter beim Frühstück abgespielt hatte. *Wir zünden eine Kerze an ...*

Normalerweise war ich ein Verdrängungskünstler und kümmerte mich nicht weiter um meine Kindheit oder wie sie mich beeinflussen mochte. Trotz allem war ich ein Mensch, der im Leben klarkam und die Belange, die mich betrafen, selbst in die Hand nahm. Nun kam mir der Gedanke, dass dieses Fest der Liebe vielleicht doch einen Stellenwert in meinem Leben erlangen durfte, wenn ich an die Zeit bei meiner Großmutter zurückdachte. Die war aber definitiv vorbei, sodass ich mich dagegen wehrte, meine Einstellung zum Fest auch nur annähernd zu überdenken. Warum beschäftigte mich das jetzt so? Ich verfluchte erneut diese Jahreszeit, die Emotionen und Sehnsüchte bei mir hervorrief, die ich so nicht zulassen wollte oder konnte. Nun fühlte ich den Schmerz in mir hochsteigen, der seit Lisas Unfall in mit tobte und nur zeitweise einzudämmen war. Der eisige Wind wehte mir ins Gesicht.

Ja, dumme Tränen, friert ein und lasst euch nie wieder blicken.

Mit der rechten Hand fuhr ich über mein Gesicht, um die Träne, die sich trotzdem aus dem Augenwinkel gelöst hatte, fortzuwischen. Meine Wangen brannten, und meine Lippen bekamen kleine Risse, die sonst nur mein Herz durchzogen. Lisa war immer bei mir, dennoch, oder eben deshalb, fehlte sie mir unsagbar.

Durchgefroren erreichte ich die Pension. Nur ein kleines Licht erhellte die Küche. Erleichtert registrierte ich, dass Frau Schlüter wohl schon schlafen gegangen war. Auf der Treppe zum Eingang flackerte eine große Kerze in einem Windglas, ansonsten lag das Haus im Dunkeln da. So leise wie möglich drehte ich den Schlüssel im Schloss, anschließend lief ich auf Zehenspitzen durch den Flur.

Als unerwartet die Tür zur Küche aufgerissen wurde, durchfuhr mich ein Riesenschreck. Es dauerte einen Augenblick, bis ich begriff, dass niemand anderes als meine Vermieterin Frau Schlüter, seit heute Morgen Elvira, vor mir stand. Das zweite weibliche Wesen in dieser Nacht, das mir im Nachthemd gegenübertrat. Elvira trug ein weites, zum Glück undurchsichtiges Blümchennachthemd und wirkte auf mich wie ein Geist. Sie trug keine Brille, dadurch sahen ihre Augen noch kleiner aus als sonst. Sie kaute irgendetwas, dabei umschloss sie mit ihren Händen eine Schale mit Erdnüssen. Sie hielt sie mir hin.

»Jakob, ich dachte, du schläfst tief und fest. Ich habe gar nicht bemerkt, dass du das Haus noch mal verlassen hast.«

Das war auch der Plan gewesen.

»Ich war spazieren«, murmelte ich und versuchte meine Augen nicht auf ihr Dekolleté zu richten, wo ihre Oberweite zu entwischen versuchte.

»Mitten in der Nacht? Jakob, Jakob, du solltest unbedingt deine Gedanken ordnen. So kann das nicht weitergehen.«

Ich lächelte gequält. »Das hatte ich auch vor. Aber was tun Sie hier? Ich dachte auch, Sie schlafen längst.«

Ich konnte mich an das vertraute Du nicht gewöhnen.

Elvira senkte ihre Lider. »Ich habe des Nachts immer Hunger und plündere den Kühlschrank. Ich habe ja am Tag nicht so viel Zeit.«

»Verstehe.« Obwohl ihre üppige Figur nicht davon zeugte, dass sie zu wenig Gelegenheit hatte, etwas zu sich zu nehmen. »Ich werde dann mal hochgehen«, meinte ich und wies mit dem Finger in Richtung Obergeschoss.

»Mein Junge, wenn du auch noch etwas möchtest …?«

»Nein danke, ich bin hundemüde.«

»Hach, dann schnell, damit das Sandmännchen kommen kann.« Sie kicherte, dabei wanderte eine Handvoll Erdnüsse in ihren Mund.

Ich seufzte. »Gute Nacht, Elvira, bis morgen dann.«

»Ich freu mich schon«, flötete sie und verschluckte sich fast an ihrem Knabberzeug.

Ich beeilte mich, nach oben zu gelangen, indem ich zwei Stufen auf einmal nahm. Elvira war eine liebenswerte Person, doch manchmal konnte sie mir ganz schön auf den Nerv gehen. Trotzdem musste ich grinsen, als ich in meinem Zimmer ankam. In ihrer unbedachten Art wies sie mir auf, wie wertvoll das Leben sein konnte. Auch ohne meine Lisa musste ich nach vorn schauen, das war mir klar geworden, nachdem wir zusammen gefrühstückt hatten und ich ihr Dinge anvertraut hatte, über die ich für gewöhnlich nicht sprach.

18

LIZZY

Ich lag noch lange wach, nachdem Esther in meinen Armen eingeschlafen war. Sie hatte bemerkt, dass Jakob in meinem Hirn herumspukte. Esther war empathischer, als es auf den ersten Blick erschien. Ohne Frage war dies der Verdienst meiner Schwester. Sie hatte stets ein offenes Ohr für die Sorgen ihrer Kinder und wies ihnen den Weg auf, der für sie richtig war, ohne etwas zu erzwingen. Bente liebte ihre Gören über alles und war davon überzeugt, dass für eine gute Entwicklung des Nachwuchses eine stets präsente Bezugsperson nötig war. Ich bewunderte sie dafür, mit welcher Entschlossenheit sie für einen reibungslosen Tagesablauf ihrer Kids und Geborgenheit sorgte.

Oder zumindest war das früher so gewesen. Warum sie ihre Herangehensweise nun geändert hatte, indem sie ihre Tätigkeit als Reisekauffrau wieder aufnahm, erschloss sich mir nicht. Hatte die Familie Geldsorgen, von denen ich nichts wusste? Ich konnte es kaum abwarten, dass Bente in

St. Peter ankam. Ich hoffte, sie zum Umdenken überreden zu können.

Esther seufzte im Schlaf und kuschelte ihren zarten Körper an meinen. Versonnen hauchte ich einen Kuss auf ihren Scheitel. Dies entlockte der schlafenden Hexe ein Lächeln. Irgendwann fielen mir die Augen zu, und ich schlief einigermaßen beruhigt ein.

❄

Am nächsten Morgen war ich enttäuscht, als ich aus einem wunderschönen Traum erwachte. Ich hätte ihn gern bis zum Schluss genossen. Im Traum war ich mit Jakob am Strand. Die Sonne schien heiß vom Himmel auf unsere noch heißeren Körper. Seine vollen Lippen erkundeten meinen Leib, das Blut floss wie ein Lavastrom durch meine Adern. Gerade flüsterte er mir etwas ins Ohr. Ich konnte es nicht verstehen, aber es musste etwas Wundervolles gewesen sein, denn ich vibrierte bis in die Zehenspitzen. Da wachte ich jedoch auf.

»Jetzt weiß ich nicht, wie er ausgegangen wäre«, murmelte ich verzweifelt.

»Dein Traum?« Ich sah zu meiner Nichte, die mich mit großen fragenden Augen anschaute. Sie stützte sich auf die Unterarme ab. »Du träumst von der Schnitte Jakob?« Sie kicherte verzückt. »Ich wusste es doch!«

»Nix wusstest du, ich habe an einen Film gedacht.« Ich log zwar nur ungern, aber in diesem Fall … Esther würde sonst keine Ruhe geben, bis ich alles erzählte, was sie offenbar bereits ahnte.

»Glaub ich nicht, ich habe keinen Fernseher gehört.«

Dann drehte sie sich noch mal auf die Seite und schlief wieder ein.

Es war fast neun Uhr. Wie ich meine Schwester kannte, stand sie bald auf der Matte und verlangte, ihre Tochter zu sprechen. Ich wollte sie im Wartebereich den Hotels abfangen, um zunächst allein mit ihr zu reden. Auf leisen Sohlen schlich ich ins Bad und duschte ausgiebig. Ich verzichtete darauf, mich einzucremen, sondern schlüpfte in meine Klamotten vom Vortag und schlich mich aus dem Zimmer. Ich war fast der Meinung, dass Esther nur vorgab zu schlafen, aber es war mir sogar recht.

Auf dem Weg nach unten piepte mein Handy und kündigte eine Nachricht an. Meine Schwester.

Bin in fünf Minuten bei euch.

Sehr gut getimt, Schwesterherz. Ich erwarte dich.

Ich hatte gerade einen Platz im Eingangsbereich eingenommen, da rauschte Bente auch schon an mir vorbei.

»Bente! Ich bin hier.«

Abrupt drehte sie sich um und eilte auf mich zu. »Wo ist Esther?«

Sie sah sich nach allen Seiten um. Ihr Blick folgte allem, was sich bewegte. Dabei war sie einem Nervenzusammenbruch nahe.

Ich grinste. Typisch Bente, wenn es um ihre Kinder

ging, wurde sie zur Löwin. Nur hatte sie Esther leider aus den Augen verloren, und dies galt es nun zu korrigieren.

»Sie schläft noch«, erwiderte ich ruhig. Dann hakte ich mich bei Bente ein und führte sie zu der gemütlichen Sitzgruppe.

»Wieso schläft sie noch? Sie weiß doch, dass ich sie abhole. Ich habe Unmengen zu tun. Die Vorbereitungen für das Weihnachtsfest stressen mich in diesem Jahr besonders. Ich habe es nicht so gut, dass ich mich wie du verziehen und das Leben an mir vorbeirauschen lassen kann.« Bente redete ohne Punkt und Komma. Ein sicheres Zeichen von Nervosität bei ihr.

Ich legte den Zeigefinger auf meine Lippen, um anzudeuten, dass sie mal Luft holen solle. Sofort verstummte sie. Dafür bildeten sich Tränen unter ihren Lidrändern. Sie zitterte leicht. So hatte ich Bente noch nie erlebt. Ich bugsierte sie in den Sessel. Dann winkte ich einen Kellner herbei und orderte zwei Kännchen Tee.

»Tee? Ich brauche dringend einen starken Kaffee«, protestierte Bente mit weit geöffneten Augen.

»Später, du bist gerade aufgeregt genug, nun komm erst mal runter«, befahl ich sanft.

Bente ließ die Schultern hängen. Kraftlos hockte sie in dem für ihre Körpergröße riesigen Sessel. »Gott, dieses Kind wird etwas zu hören bekommen, sobald ich sie sehe.«

»Das ist angebracht, aber ich wünsche mir auch, dass du mir zuhörst.« Ich wartete, bis die Bedienung unseren Tee vor uns abgestellt hatte. Dann ergriff ich beide Hände meiner Schwester. »Erzähl du mir doch bitte, was mit dir oder bei euch los ist.«

Bente schluckte. »Nichts, was soll denn sein? Nur weil

Esther plötzlich ihre Pubertät auszuleben gedenkt, muss doch bei uns nichts sein.«

Sie starrte mich an, als ob sie kurz davor wäre, ihre Intelligenz einzubüßen. Ich war absolut ratlos. Warum sah Bente nicht die Probleme, die ihre Tochter mit sich herumschleppte?

Ich hatte gelernt, mit verschlossenen Menschen umzugehen. Ich nutzte dabei meine Ausbildung für soziale Kompetenzen, die ich für meinen Beruf absolviert hatte, um als Führungsperson nicht nur in eine Richtung zu schauen, sondern auch auf die Gefühle meiner Mitarbeiter eingehen zu können. Doch an Bente prallte meine Vorgehensweise ab. Ich schaute sie eindringlich an, aber sie schüttelte den Kopf.

»Nun guck mich nicht so an, ich will deine Psychoanalyse nicht.«

Gut, dann knallhart.

»Wann hat es angefangen, dass Esther auffällig wurde?«

Bente wurde rot, dann brauste sie auf. »Wie meinst du das nun wieder? Sie ist eben völlig durchgeknallt. Ist doch normal in ihrem Alter.«

Ich legte den Kopf schief. »Findest du?«

»Klar.« Die Antwort klang nicht sehr überzeugend, denn Bente zappelte dabei nervös.

»Bitte, Bente, überleg es dir genau. Es geht hier um deine Erstgeborene, die mitten in einer Entwicklungsphase ist, in der sie dich mehr braucht als sonst.«

Bente senkte schuldbewusst den Kopf. Richtete sich jedoch sofort wieder auf. »Du willst mir die Schuld daran geben, dass sie dermaßen aus der Reihe tanzt? Lächerlich.«

Mir platzte der Kragen. Dass Bente in keiner Weise zu Eingeständnissen fähig war, nervte mich über alle Maßen. Ich schaute ihr in die Augen. Doch sie ignorierte meine nonverbalen Zeichen gekonnt, sodass ich doch noch Worte nutzen musste.

»Bente, verdammt noch mal! Du hast sie hängen lassen, ihr Aufgaben übertragen, die deine sind, und sie allein dafür verantwortlich gemacht, wenn ihre kleinen Geschwister Blödsinn aushecken. Wo ist die Bente geblieben, die zur Löwin mutiert, wenn es um ihre Sprösslinge geht?«

»Sieht Esther das so?«, fragte Bente leise.

Ich beugte mich etwas vor. »Natürlich! Sie muss so etwas denken, weil es stimmt, nicht wahr?« Bente wurde schlagartig blass. Ich lag also richtig, und Esther hatte nicht übertrieben. »Sie fühlt sich von dir im Stich gelassen, weil du …«

»Weil ich was?« Bente stellte sich immer noch ahnungslos. Doch sie wusste, wo der Hase im Pfeffer lag, und sie sah mir offenbar an, dass ich es ebenfalls wusste. »Weil ich wieder arbeite«, beantwortete sie sich ihre Frage selbst.

Ich nickte leicht, dabei hielt ich ihren Blick fest. Tränen der Verzweiflung sammelten sich in ihren Augen. »Ich dachte, wir schaffen das«, flüsterte sie. Dann kamen alle ihre Sorgen zum Vorschein, und sie weinte herzzerreißend. »Ich habe meine Kinder betrogen und sich selbst überlassen!«

»Unsinn, nicht betrogen. Nur ein wenig aus den Augen verloren. Es ist nichts passiert, was du nicht beheben kannst.«

»Indem ich zu Kreuze krieche und an den Herd zurückkehre, meinst du? Das ist nicht mehr mein Traum.«

»Überleg doch mal«, erinnerte ich sie sanft. »Seit du klein warst, war es dein Wunsch, einen Stall voller Kinder zu haben und einen Mann, der dich liebt.«

»Ich habe alles bekommen.«

»Füllt dich deine Familie denn nicht aus? Gibt es nicht unter Umständen eine Alternative zu deiner Berufstätigkeit?«

»Die gibt es. Weniger eigenes Geld und keine Fernreisen.«

»Habt ihr denn Geldsorgen?«

»Ach wo, ich möchte nur …« Bente schluckte.

»Du gibst deinen Kindern so viel Liebe und Geborgenheit, das kann man nicht mit Geld aufwiegen.«

Bente schaute mich an. »Hat Esther das alles zu dir gesagt?«

Ich zwinkerte meiner ältesten Schwester zu. »So in etwa.« Der Tee war inzwischen erkaltet. Ich bestellte uns zwei Cappuccino. »Nach dem Cappu gehen wir zu Esther. Einverstanden?«

»Ja.« Ein Zucken an ihren Mundwinkeln deutete ein Lächeln an. Ich war überzeugt, dass die beiden nun gemeinsam nach einer Lösung suchen würden, hoffentlich mit einem zufriedenstellenden Ergebnis.

Ein Kellner brachte uns die ersehnten Heißgetränke, nicht ohne mich neugierig anzuschauen. Doch anstatt etwas zu sagen, zog er sich diskret zurück. Krampfhaft überlegte ich, ob er mich gesehen hatte, als Jakob mich ins Hotel zurückgebracht hatte. Wenn er mir jetzt auch noch Esther zuordnen konnte, war das Chaos, in dem ich mich befand, perfekt. Wahrscheinlich hatte ich in diesem Hotel für ewig einen Ruf weg.

Ich hielt es für besser, Bente nichts davon zu erzählen. Wo ich doch dabei war, ihr Ratschläge für eine geeignete Erziehung zu geben. Trotz der verzwickten Lage musste ich grinsen. Wir von Seefelds waren schon ein merkwürdiges Völkchen. Auch wenn Bente inzwischen einen anderen Namen trug, gehörten Esther und sie doch unverkennbar zur Familie.

19

JAKOB

Ich musste mich erst heiß abduschen, um die Kälte aus meinen Knochen zu bekommen. Dazu hätten vielleicht auch die Gedanken an Lizzy genügt, wenn ich es zugelassen hätte. Ich lief in meiner Freizeit viel und gern. Doch die vergangenen Tage hatten mich geschafft.

Ich erwachte mit leichten Kopfschmerzen, aber nicht so schlimm, dass ein gutes Frühstück nicht dabei helfen würde, sie in den Griff zu kriegen. Von unten her hörte ich bereits die Weihnachtslieder aus Elviras CD-Player. Ich schüttelte den Kopf. Diese Frau war unverbesserlich. Sie setzte alles daran, mich vom bevorstehenden Fest zu überzeugen. Doch sie würde sich an mir ihre hübschen Dritten ausbeißen. Ohne Lisa gab es für mich kein Weihnachten.

Sie hätte nicht gewollt, dass du für immer traurig bist.

Ich schüttelte die Gedanken ab.

Nach dem Frühstück wollte ich mich in der Dünentherme entspannen. Dazu packte ich meine Sporttasche mit einem Handtuch und einer Badehose. Ich hatte mich vor der Fahrt nach St. Peter erkundigt, was man hier im Winter alles unternehmen konnte. Dabei hatte ich die Therme entdeckt. Schwimmbad, Sauna und vieles mehr wurde da geboten. Genug, um einen ganzen Tag zu verbringen. Vor allem würde ich dort Lizzy nicht treffen. So hoffte ich zumindest. Ich nahm an, dass sie mit ihrer Nichte Wichtigeres zu tun hatte.

Elvira empfing mich am Treppenabsatz und strahlte mir freudig entgegen. Ich war froh, dass sie ihr Nachthemd gegen ein Kleid und eine Kittelschürze getauscht hatte.

»Da bist du ja, Junge. Ich habe schon auf dich gewartet. Frühstück ist fertig und die anderen Gäste bereits aus dem Haus. Du hast aber lange geschlafen.« Sie schmunzelte. »Na ja, ist auch spät geworden gestern.«

»Guten Morgen, Elvira. Ihr Nachtmahl ist ja noch nicht lange her.«

Tatsächlich errötete meine Pensionswirtin. Sie winkte ab. »Och, das war nur eine Kleinigkeit, nicht der Rede wert.«

Ich setzte sie davon in Kenntnis, dass mein Frühstück heute nicht so üppig ausfallen durfte wie am Vortag. Schließlich wollte ich im Schwimmbad nicht untergehen wie eine Bleiente. Demonstrativ platzierte ich meine Sporttasche neben mir am Tisch. ›Keine Widerrede‹ sollte das bedeuten. Wobei ich hoffte, dass Elvira das auch ohne Diskussion verstand. Ich hatte längst erkannt, dass sie eine kluge Frau war. So schlau, dass sie sich oft verstellte und unwissend gab.

»Aber man sollte nie mit leerem –« Ich sah sie durchdringend an. Sie verstummte und goss kichernd den Kaffee ein. »Ich habe schon mit den anderen Gästen gefrühstückt, aber ich trinke gern noch einen Kaffee mit dir.«

Irgendwie war Elvira wie ein Klammeräffchen. Verwundert schaute ich sie an, als sie zwei Brötchen aufschnitt.

»Ich packe dir ein Fresspaket, für den Fall, dass du Hunger bekommst. In dieser Dünentherme ist alles so teuer, und meist gibt es Pommes. Alles so ein ungesundes Zeug.«

Kauend sah ich ihr dabei zu, wie sie Schinken, Käse und Salami auf die Hälften legte. Wer sollte das nur alles essen? Ich schwieg dazu. Denn ich konnte mich ohnehin nicht dagegen wehren, dass sie mir das in Butterbrotpapier gewickelte Lunchpaket in die Sporttasche legte.

Elvira blinzelte unschuldig. »Glaub mir, mein Junge, du wirst dich später darüber freuen. Bei meinen Jungs war es immer so.«

Ich lächelte nachsichtig und bedankte mich. Etwas unschlüssig, ob ich mich nun vom Acker machen konnte, legte ich die Stoffserviette neben den Teller.

»Nun geh schon, ich habe sehr viel zu tun, wenn ich zum Weihnachtsabend alles fertig haben will.«

»Kommen Ihre Söhne zu Besuch?«

Na super, ich war ahnungslos in ein Fettnäpfchen getreten. Elviras Gesicht verfinsterte sich, und mir schien, als ob ihre Augen verdächtig schimmerten.

Es dauerte nur wenige Sekunden, dann hatte sie sich wieder im Griff. Sie winkte ab. »Ach nee, die Fahrt wäre viel zu lang und teuer dazu. Mein Ältester hat gemeint, dass wir das Fest im Sommer nachholen. Der Jüngste äußert sich selten zu so etwas. Aber ich freue mich darauf, wenn wir am Heiligen Abend telefonieren und über die alten Zeiten reden werden.«

Sie strahlte mich an, als ob ihr jemand den lang ersehnten Lottogewinn überbracht hätte. Ein leichter Stich durchfuhr mein Herz. Ich wusste nicht, was ich darauf erwidern sollte, denn sie tat mir unendlich leid. Ich gab mir einen Ruck, erhob mich und griff nach meiner Tasche.

»Bis später, Elvira, arbeite nicht so viel. Weihnachten kommt auch so.« Ich hatte mich spontan entschieden, nun doch zum Du überzugehen, da Elvira es mir ohnehin angeboten hatte. »›Du‹ ist also wirklich in Ordnung?«

Wieder dieses unglaubliche Strahlen in ihrem Gesicht.

»Gern, mein Junge, bis später dann.«

Fast hätte ich sie an mich gedrückt, aber ich wusste auch, dass es besser war, sie ein wenig auf Abstand zu halten. Ich wollte nicht Gefahr laufen, am Vierundzwanzigsten mit ihr zusammen unter dem Christbaum zu hocken. Ein No-Go für mich. Ich zögerte dennoch, bevor ich den Frühstücksraum verließ. Dann gab ich mir den Befehl, endlich loszugehen. Mehr und mehr erinnerte Elvira mich an meine Oma. Dies galt es zu verhindern, denn Emotionen hatten in dieser Jahreszeit keinen Platz in meinem Herzen. Zumindest war ich dieser Überzeugung.

Es schneite immer noch – oder schon wieder, ich hatte keine Ahnung. Für die Fans dieser Farce von einem Event von großer Bedeutung. Für mich jedoch ein zusätzlicher Auslöser von Gefühlschaos. Vielleicht wäre es besser für mich, nach Hause zu fahren und mich in meiner Wohnung zu verkriechen. Da konnte es jedoch passieren, dass mein Bruder mich an den Haaren herauszog und zwang, die Festtage mit ihm zu verbringen. Ich seufzte genervt. Es nützte nichts, ich musste die Zeit aussitzen und warten, bis am Neujahrstag alles vorbei war.

Ich überlegte, den Wagen zu nehmen, um die Tasche nicht die ganze Zeit mit mir herumschleppen zu müssen. Ein Blick auf mein verschneites Auto ließ mich das Vorhaben jedoch vergessen. Es würde am Bad eh wieder an dem Parkplatzproblem scheitern. Ich stapfte durch die weiße Pracht, die mir auf ungeräumten Bürgersteigen bis zu den Waden reichte. Zum Glück waren die meisten gefegt und gestreut. Mir entgingen die fröhlichen Augen der Leute, die mir entgegenkamen, nicht. Aber ich sah auch gestresste Mütter, die ihre Kinder kaum noch bändigen konnten, was mir dann doch ein Lächeln abrang.

Ich freute mich auf die Therme, von der ich mir Entspannung versprach. Ich wollte dabei das Fest der Liebe vergessen und mich voll auf mich und meine verkorksten Gefühle konzentrieren. Im Grunde grenzte das Ganze schon an Selbstgeißelung, aber ich scherte mich nicht darum. Schließlich wusste niemand, was ich dachte oder empfand.

Doch, eine Person vielleicht. Lizzy, die mich laufend anschaute, als ob ich in den Arm genommen werden musste. Nein, ich musste mich täuschen, Mitleid war etwas, was ich nicht ertragen konnte. Aber Lizzy war durchaus erträglich mit ihren blauen Augen und ihrer aufbrausenden Wut, wenn ihr etwas nicht passte …

Ich war verwundert darüber, dass ich mich so sehr damit beschäftigte, was in Lizzy vorging und, noch schlimmer, wie sie über mich dachte. Sollte mir das nicht gleichgültig sein?

Ich stieß die Eingangstür zur Therme auf und trat hinein. Sofort schlugen mir Chlorgeruch und warme Luft entgegen. Ich zahlte an der Kasse und schob mich durch ein Drehkreuz zu den Umkleidekabinen.

20

LIZZY

Ich gab meiner Schwester einen Knuff. »Los, lass uns zu deiner Tochter hochgehen. Ich vermute, dass sie langsam wach sein müsste.«

Von Esthers nächtlichem Ausflug erzählte ich Bente besser nichts. Nur im allergrößten Notfall würde ich ihr die Geschichte auf die Nase binden. Ich war guter Hoffnung, dass Mutter und Tochter sich wieder näherkommen würden und eine Versöhnung anstand. Warum also sollte ich Öl ins Feuer kippen? Jakob würde nicht die Möglichkeit haben, mit Bente darüber zu sprechen. Meine Schwester hatte angekündigt, dass sie noch heute zurückfahren würde. Mit Esther.

Wir rauschten mit dem Fahrstuhl in den dritten Stock. Nicht nur Bente war nervös. Mein Herz klopfte vor Aufregung bis zum Anschlag. Die beiden mussten sich einfach wieder vertragen.

»Guten Morgen«, trällerte Bente beim Betreten des Zimmers.

Ein ungutes Gefühl überkam mich, denn das Bett war

gemacht und demzufolge leer. Wir hätten es doch sicher gesehen, wenn Esther sich aus dem Staub gemacht hätte? Mir wurde heiß und kalt. Bente würde ausrasten, wenn …

Moment mal, hörte ich da die Dusche rauschen? Ich atmete erleichtert auf. Esther war nicht abgehauen. Bente steuerte sofort das Bad an. Rasch zog ich sie am Ärmel ihres Pullovers zurück. »Lass sie doch erst wach werden.«

»Du weißt wohl immer, was das Richtige für mein Kind ist, was? Glaubst du …« Ich blieb ruhig und sah sie mahnend an. Sie brach ab. »Okay, du meinst es gut. Ich kann nur nicht länger warten.«

»Ich verstehe das sehr gut, aber lass dieses Gefühl doch noch ein wenig auf dich wirken. Vielleicht findet ihr dann schneller eine Lösung für euer Problem.«

Bente sah sich suchend um. »Sag mal, wo ist denn Silvi? Soviel ich weiß, seid ihr doch zusammen hier.«

»Sie hatte plötzlich andere Pläne.«

Bente verzog das Gesicht. »Dann kommst du aber mit uns nach Hause.« Ich schaute sie mit hochgezogener Augenbraue an. »Okay, ich hab schon verstanden.«

Bente musste offenbar noch einiges verstehen und vor allem bei sich selbst.

Bevor sie Luft holen konnte, um erneut auf das Fest zu sprechen zu kommen, öffnete sich die Tür zum Bad, und eine verschlafene Esther trat heraus. Ihr war deutlich anzusehen, dass ihr unwohl dabei war, ihrer Mutter zu begegnen. Sie wusste schließlich, dass sie ihr eine Menge Sorgen bereitet hatte.

»Guten Morgen, Mutti.«

»Guten Morgen, mein Schatz. Was machst du nur für

Sachen? Du hättest doch mit mir darüber sprechen können.«

Ich sah meine Nichte eindringlich an. *Nur nicht ausflippen, Baby, bleib cool.* Erleichtert erkannte ich an ihrem Gesicht, dass sie verstanden hatte. Kluges Mädchen. Sie holte tief Luft.

»Dann sollten wir jetzt nachholen, was wir versäumt haben.« Bravo, Esther machte das sehr gut. Auch meine Schwester wirkte entspannt und entschlossen, gemeinsam mit ihrer Tochter alle Probleme aus der Welt zu schaffen.

»Ich lasse euch mal allein, aber schlagt euch nicht gegenseitig die Köpfe ein«, scherzte ich und hoffte, dass es ein Witz bleiben würde.

»Aber Tante …«

»Esther!«

Die Angesprochene lachte und fiel ihrer Mutter endlich um den Hals. Zufrieden lächelnd verließ ich das Zimmer und zog leise die Tür hinter mir zu.

Draußen schlenderte ich unter dicken Schneeflocken herum. Dabei entdeckte ich die Dünentherme. Ich schnupperte. Der Chlorgeruch waberte mir schon entgegen. In diesem Moment fasste ich einen Entschluss. Ich hatte zwei Bikinis eingepackt, weil ich auf der Internetseite des Hotels einen Hinweis gesehen hatte, dass die Gäste preisreduziert in der Therme ausspannen durften. Bente würde einer meiner Badeanzüge passen. Ich musste nur einen für Esther besorgen.

In einer kleinen Boutique wurde ich schnell fündig. Ich zahlte den nicht unerheblichen Betrag an der Kasse und freute mich über meine Idee, mit den beiden schwimmen zu gehen. In meiner Unterkunft gab es auch ein kleines

Schwimmbad, doch ich fand es schöner, die Therme zu besuchen, zumal meine Schwester und meine Nichte keine offiziellen Gäste des Hauses waren. Nun musste ich Bente allerdings noch davon überzeugen, dass sie erst am nächsten Tag nach Hause fahren sollte. Ich fand es wichtig, dass Mutter und Tochter eine unbeschwerte Zeit miteinander verbrachten.

Bente schrieb mir eine Nachricht, dass sie sich versöhnt und geeinigt hätten. Außerdem würden sie erst morgen abreisen. Ich musste grinsen. Wer sagte es denn, es war einfacher als gedacht. Beschwingt ging ich zurück zu ihnen aufs Zimmer. Die Schneeflocken tauten auf meinen Klamotten, schnell sah ich aus wie ein begossener Pudel. Die beiden Kampfhennen lachten herzlich, als sie mich sahen. Ein schönes Bild, Mutter und Tochter derart glücklich miteinander vereint. Ich war erleichtert, vorerst musste ich mir keine Gedanken um die beiden machen. Ich zog sofort den Bikini hervor, den ich für Esther gekauft hatte. Sie schmunzelte.

»Tante … Lizzy, du bist in der falschen Jahreszeit gelandet. Für ein Bad in der Nordsee ist es definitiv zu kalt.«

»Aber nicht für die Therme. Ich lade euch ein, mit mir dort den Tag zu verbringen und zu entspannen.«

Bente wollte gerade ein Veto einlegen, als Esther begann, freudig durchs Zimmer zu hüpfen. »Lizzy, du hattest schon immer die besten Ideen!«

»Da ich nicht nackt bade, wird das leider nichts.« Bente schaute uns zufrieden an. Sie glaubte, eine Ausrede gefunden zu haben, die sie nicht wie eine Spielverderberin aussehen ließ.

»Das Nacktbaden können wir uns zum Glück ersparen.« Ich zog meine Schwimmutensilien aus dem Kleiderschrank hervor. »Schau, einer davon passt bestimmt.« Triumphierend überreichte ich meiner verdutzten Schwester beide Bikinis, damit sie einen davon auswählen konnte.

»Aber …«

»Nix da, Ausreden waren gestern. Deine Weihnachtsvorbereitungen kannst du locker noch übermorgen erledigen.«

»Das bedeutet Stress, aber ich nehme das auf mich«, meinte Bente und blinzelte Esther liebevoll zu.

»Ich helfe dir, Mama.«

Ob diese Harmonie so bestehen bleiben würde? Ich hoffte es sehr. Denn meine Familie lag mir am Herzen, und ich wünschte mir, dass es allen Mitgliedern gutging.

Wir suchten die benötigten Sachen zusammen und machten uns auf in die Therme. Es schneite unaufhörlich, und Bente hatte Sorgen, wie sie am nächsten Tag die Fahrt nach Hause schaffen sollte. Denn der Wetterbericht hatte bisher keine Entwarnung gegeben.

Wir stopften unsere Bekleidung in die dafür vorgesehenen Schließfächer und bewegten uns ins Bad. Ich hatte den Eindruck, etwas Gewicht verloren zu haben, aber der Bikini passte allem Anschein nach immer noch. Herrliche Wärme schlug uns entgegen. Nach der kalten Winterluft draußen war das eine Wohltat. Esther war vor uns im Wasser und forderte mich und ihre Mutter auf hinterherzukommen. Bente zögerte noch.

Eine laute Gruppe von Männern öffnete die Tür der Herrendusche. Mir stockte der Atem. Als Letzter durch die

Tür kam … Jakob, der sich suchend umsah. Verdammt, mein Hüftgold hätte ich doch besser in einen Einteiler stecken sollen. Ich suchte nach einem Fluchtweg und wählte kurzerhand einen Kopfsprung ins Wasser.

Ich tauchte eine gute Strecke, dabei hoffte ich, mich weit genug aus Jakobs Sichtfeld zu entfernen. Nach Luft schnappend kam ich wieder an die Oberfläche. Das Erste, was ich sah, war … meine Badehose. Sie passte wohl doch nicht mehr einwandfrei. Am liebsten wäre ich auf der Stelle geplatzt oder im Erdboden versunken. Ich griff nach der Badehose auf Abwegen und versuchte sie unter Wasser anzuziehen. Leider war der Auftrieb stärker, mir missglückte jeder Versuch.

Plötzlich schob sich eine Gestalt vor mir durchs Wasser. Ich zuckte zusammen und erkannte Jakob. Er lachte mich nicht aus. Sondern forderte mich auf, ihm mein Unterteil zu überlassen.

»Ich verspreche dir, die Augen fest geschlossen zu halten. Lass mich dir helfen.«

Seine warme Stimme hüllte mich ein wie ein Kokon. Seine blauen Augen waren mir sehr nahe. Ich erkannte kleine dunkle Sprenkel darin. Ich tauchte ab, um mich von dem Anblick zu lösen. Nachdem ich gefühlt zwei Liter Wasser geschluckt hatte, musste ich prustend wieder an die Oberfläche kommen. Dieser Mann … Er machte mich verrückt. Wortlos reichte ich ihm meine Badehose. Dabei sah ich ihn mahnend an.

»Ich habe verstanden«, meinte er, jetzt doch etwas belustigt. Nun tauchte er ab, und ich sah seine dunkle Gestalt zu meinen Füßen. Seine Finger streiften an meinen Waden entlang. Heiße Lava strömte durch meine Adern.

Schnell hinderte ich ihn daran, weiter nach oben zu tasten. Rasch zog ich die Badehose hoch.

Wenige Sekunden später schoss Jakobs Körper an mir vorbei, und er kraulte zum anderen Ende des Beckens. Ob er jetzt dringend eine Abkühlung benötigte? Dazu war das Wasser zu warm. Die Hinweistafel zeigte dreißig Grad an. Zum Entspannen eine Wohltat, für eine Erfrischung eindeutig ungeeignet. Warum musste Jakob auch ausgerechnet zur gleichen Zeit hier aufschlagen, zu der wir einen Familien-Wellness-Tag verbringen wollten?

Neugierig kam meine Schwester näher. »Was war denn das? Wer ist das, dem du erlaubst, dir an die Wäsche zu gehen?«

»Er hat mir nur geholfen, ich kenne ihn kaum.«

Bentes Augen blitzten spöttisch. »Darum bist du auch geflüchtet, sobald du ihn entdeckt hast?«

»Genau.« Ich hatte es plötzlich eilig, davonzukraulen. Ich war im Wasser schon immer schneller unterwegs gewesen.

Doch Esther holte mich ein. »Der ist süß. Nicht wahr?«

»Zuckersüß«, erwiderte ich tonlos, dann tauchte ich ab. Aber dieses Mal nicht mit so viel Schwung. Es galt, nicht noch einmal die Aufmerksamkeit auf meine Badehose zu richten.

Ich entdeckte Jakob auf der gegenüberliegenden Seite des Beckens. Sein muskulöser Körper erhob sich zur Hälfte aus dem Wasser, und er starrte zu mir herüber. Als unsere Blicke sich trafen, grinste er. Selten hatte ich ihn so oft lachen sehen. Wenn mein Auftritt eben dazu beigetragen hatte … bitte, dann war es mir das wert. Oft genug hatte ich in der kurzen Zeit unserer Bekanntschaft in traurige Augen geschaut. Augen, deren Tiefe ich nur erahnen konnte bei diesem offensichtlich sorgenvollen Mann. Hoffnung keimte in mir auf. Würde ich seine Verschlossenheit irgendwann durchdringen?

In Gedanken versunken, bemerkte ich jetzt erst, dass er auf mich zuschwamm. Instinktiv kontrollierte ich den Sitz meiner bunten Badehose. Doch es war alles am richtigen Platz. Er tauchte für einen Moment ab und kam direkt vor mir wieder an die Oberfläche. Mein Herz klopfte wild in der Brust. Fast hatte ich den Eindruck, dass mir die Luft wegblieb. Wassertropfen glitzerten in seinem Kurzhaarschnitt. Ich musste mich zusammenreißen, ihn nicht mit den Fingern zu berühren. Er lachte über das ganze Gesicht. Welch ein schöner Augenblick.

Der Zauber war abrupt vorbei, als meine Nichte Esther zwischen uns auftauchte. Sie sah uns abwechselnd an. »Ich finde, ihr seid ein wunderschönes Paar.«

Ich räusperte mich genervt.

»Wir sind aber kein Paar«, kam es unisono aus meinem und Jakobs Mund.

»Hach, ihr wisst es bloß noch nicht.« Meine vorlaute Nichte schwamm davon.

»Waren wir in dem Alter auch so frech?«, erkundigte sich Jakob und sah Esther gedankenverloren hinterher.

Bevor ich antwortete, ließ ich meinen erhitzten Kopf unter Wasser tauchen. Dann spuckte ich im hohen Bogen Chlorwasser aus und schüttelte energisch den Kopf.

»Nie im Leben, ich zumindest nicht. Ich bin froh, wenn sie morgen mit ihrer Mutter abreist.«

Jakob sah mich interessiert an. »Morgen schon?«

»Erst«, erwiderte ich trocken und musste lachen.

21

JAKOB

Ich hatte nicht schlecht gestaunt, als ich Lizzy mit ihrer Familie im Bad angetroffen hatte. Damit hatte ich irgendwie nicht gerechnet. Warum eigentlich nicht? Es bot sich doch an, bei dem Wetter einen Wellnesstag einzulegen. Lizzy hatte einen eleganten Kopfsprung ins Wasser hingelegt. Weniger günstig war die Tatsache, dass ihre Badehose urplötzlich auf der Wasseroberfläche schwamm. Ihren verzweifelten Blick würde ich nie vergessen. Ich konnte nicht anders, als ihr zu Hilfe zu eilen.

Ich versprach ihr, die Augen fest geschlossen zu halten. Was ich auch wirklich vorhatte. Doch als ich ihre weiche Haut unter den Fingern spürte, öffnete ich für einige Sekunden die Lider. Ich sah ihre roten Fußnägel, ihre gut geformten Waden und … Ich erinnerte mich an mein Versprechen und kniff die Augen fest zu. Mein Herz schlug einige Takte schneller.

Dann war der Zauber vorbei. Lizzys Pupillen waren

dunkel. Doch ihr dankbares Lächeln, was daraufhin folgte, erleuchtete ihr Gesicht. Ich musste mich zusammennehmen, um sie nicht an Ort und Stelle zu küssen. Nur einige Augenblicke später stellte sich ein schlechtes Gewissen ein. Es kam mir vor wie ein Betrug gegenüber Lisa.

Lisa hätte nicht gewollt, dass du unglücklich bist.

Ich hatte mir jedoch auferlegt, für immer auf Lisa zu warten. Natürlich war es verrückt, aber ich wünschte mir einfach so sehr, dass sie zu mir zurückkäme. Ich überlegte, ob es möglich wäre, mit Lizzy befreundet zu sein. Nach dieser Aktion unter Wasser waren wir ja fast schon so weit. Es ging kaum noch vertrauter, als jemandem die Badehose überzuziehen. Meine Haut kribbelte ob der Erinnerung. Ich wurde aber den Eindruck nicht los, dass Lizzy mehr wollte als Freundschaft. Ich fürchtete, sie zu verletzen, wenn ich ignorierte, dass sie mich anhimmelte. Im Laufe der vergangenen fünf Jahre hatten schon einige Frauen versucht, mich davon zu überzeugen, dass sie diejenigen wären, die meine Wunden heilen könnten. Lizzy hatte keine Ahnung, welchen Verlust ich erlitten hatte. Ich redete für gewöhnlich nicht darüber. Frau Schlüter war da eine Ausnahme gewesen. Trotz allem zog Lizzy mich magisch an. Wie lange wäre es mir möglich, ihr zu widerstehen?

Immer wieder wanderten meine Blicke zu ihr hinüber. Sie hatte sichtlich Spaß mit ihrer Nichte. Die Schwester sah ihnen bewundernd zu. Mir schien, sie war nicht unbedingt eine Wasserratte, denn die meiste Zeit hielt sie sich am Beckenrand fest. Lizzy und Esther unternahmen regelrechte Tauchgänge, von denen sie nach Luft schnappend und lachend zurück zur Wasseroberfläche kamen. Ihre

Freude ließ auch mich immer wieder schmunzeln. Wenn unsere Blicke sich wie zufällig trafen, rannen leichte Schauer durch meinen Körper. Mein Psychotherapeut und Seelenklempner würde sagen: ›Herr Thiesen, Sie sind auf dem besten Weg, sich zu verlieben.‹ Ich würde entgegnen: ›Nein, das muss ein Irrtum sein.‹

Die Betreiber der Therme hatten weitgehend auf Weihnachtsdeko verzichtet. Lediglich am Eingang, draußen vor der Tür, hatte man einen Christbaum aufgestellt, wie überall dieses Jahr in Rosa. Zumindest blinkte hier nichts. Damit war ich noch nie klargekommen. Was mir dennoch nicht erspart blieb, war eine Person, die sich als Weihnachtsmann verkleidet hatte. Sobald sie auf der Bildfläche erschien, brachen alle anwesenden Kinder in Jubelschreie aus. Sie stürmten in nasser Badebekleidung auf den Weihnachtsmann zu und sagten der Reihe nach ein Gedicht auf. Dabei bibberten sie, doch offenbar nicht, weil ihnen kalt war, sondern aus lauter Ehrfurcht vor dem Mann in Rot mit dem weißen Bart. Als ich ein Kind gewesen war, war ich nie so ergeben gewesen. Ich hatte stets die Sorge gehabt, meine angetrunkene Mutter würde einen unmöglichen Spruch bringen. Schon damals hatte ich gewusst, was Fremdschämen bedeutete.

Ich entdeckte Esther, die mit dem Smartphone Fotos schoss. Wie es schien, hatte sie es schnell aus dem Schließfach geholt. Dabei amüsierte sie sich offenbar über die Jungen und Mädchen, die sich eine Überraschung vom Weihnachtsmann erhofften. Ich kniff die Augen zusammen. Esther richtete ihr Smartphone auf mich und drückte auf den Auslöser. Kleines Luder. Hatte ich ihr die

Erlaubnis dazu erteilt? Auch nachdem der Weihnachtsmann wenig später den Rückzug angetreten hatte, drückte Esther weiterhin ungebremst auf den Auslöser. Jedes Mal mich ins Visier nehmend.

Lizzy schwamm auf mich zu. Ihre wunderschönen Augen machten es schwer, fortzusehen. Ich schaute nach links und rechts, ob ich einen Fluchtweg entdecken konnte. Doch das wäre dann wohl zu auffällig gewesen.

»Hey Jakob. Wie fandest du die Überraschung für die Kinder? Wir werden anscheinend nirgends verschont von dem Rummel.« Lizzy grinste.

»Sieht ganz danach aus«, brummte ich und wich ihrem fragenden Blick aus. »Ich werde dann mal wieder verschwinden. Ich schau nach, ob Frau Holle ihr Federbett fertig aufgeschüttelt hat.«

»Nanu, ein bisschen glaubst du doch an das, was von oben kommt?«

Ich haderte mit der Antwort. »Nun, die weiße Pracht kommt vom Himmel, daran gibt es keinen Zweifel.«

Ich konnte ihr ansehen, wie flach sie die Antwort fand. Doch sie reagierte gelassen. »Gut, dass du mal wieder das letzte Wort hast.«

Ich zuckte hilflos mit der Schulter. »Ich wusste nicht, dass du nichts mehr sagen willst. Immerhin kommt das nicht oft vor.«

Ich musste lachen über die Zornesfalte, die sich über ihrer Nasenwurzel bildete. Das passierte meistens, wenn ihr meine Sprüche nicht in den Kram passten. Aber ihre Entgegnungen belustigten mich. Etwas, das nur wenige schafften.

Verstohlen sah ich mich um. Bente und Esther befanden sich auf dem Weg zur Sonnenbank, wir standen also nicht mehr unter Beobachtung. Lizzy trat mit den Beinen, um sich über Wasser zu halten. Wir waren uns sehr nahe.

Später konnte ich nicht mehr sagen, wie es dazu gekommen war. Ihre Lippen zogen die meinen einfach magisch an. Mein Mund berührte den ihren. Nur für eine Sekunde. Doch in der kurzen Zeit explodierte ein Feuerwerk in meinem Innersten. Lizzy schien es ähnlich zu empfinden. Sie schloss die Lider und seufzte hingebungsvoll. Mit jeder Faser meines Körpers sehnte ich mich nach mehr. Ich musste mich sehr zusammenreißen, um sie nicht sofort wieder zu küssen. Gott, diese weichen Lippen, die leicht zitterten und mich aufforderten nicht aufzuhören. Ein sonderbarer Blitz durchfuhr mich.

»Entschuldige bitte, das war nicht richtig. Ich habe es nicht so gemeint.«

Unvermittelt kraulte ich zur Treppe und flüchtete regelrecht in die Herrenduschräume. Ich drehte den Wasserhahn auf heiß, dann auf kalt. Der eisige Schauer sollte mir einen klaren Kopf verschaffen. Was hatte ich da nur angestellt? Was würde Lisa von mir denken?

Lisa denkt nichts mehr, du Trottel. Und sie hätte nicht gewollt ...

Draußen hatte der Schneefall zwar aufgehört, aber es war frostig geworden. Jetzt bereute ich es, mich in der Dusche so abgekühlt zu haben. Ich fror erbärmlich. Ich suchte nach einem Taxi, fand aber keines. Mir blieb nichts anderes übrig, als wieder einen Fußmarsch zur Pension anzutreten. Ich schlug den Kragen der Jacke höher und stapfte los.

Lizzy war in meinen Gedanken präsenter, als mir recht war. Ich musste dringend eine Entscheidung treffen. Nach Hause fahren oder bleiben.

22

LIZZY

Ich starrte ihm nach, als er das Bad verließ. Flüchtete er vor mir? Hatte der Kuss ihm nicht ebenso gefallen wie mir? Ich bebte innerlich und versuchte mich zu fangen. Rasch sah ich mich nach meiner Schwester um. Sie war nirgends zu entdecken. Worüber ich ganz froh war. Nicht auszudenken, wenn auch noch Esther uns gesehen hätte.

Jakob, du hast mich mit deinem Kuss völlig aus der Bahn katapultiert.

Wie kam ich jetzt nur wieder zurück? Zu meinen Wurzeln, die mir Halt gaben und mich im Leben verankerten. Ohne Jakob in meiner Nähe war ich flatterhaft und unkoordiniert. Was war nur mit mir geschehen? Verdammt, ich sollte mich nicht verlieben. Denn das führte dazu, dass ich mich verloren fühlte. Zumindest bei Jakob – besser gesagt, ohne ihn. Hatte er überhaupt Interesse an mir oder spielte er mit meinen Gefühlen? Machte er sich gar lustig über mich? Er lachte kaum, aber vielleicht lachte er über mich. Ich kämpfte mit den Tränen. War ich denn so wenig liebenswert?

Ich sehnte mich danach, auf mein Zimmer zu gehen und mir die Decke über den Kopf zu ziehen. Esther würde keine Ruhe geben, bis sie erfuhr, wann und warum Jakob so plötzlich verschwunden war. Bente würde mir sofort ansehen, wie durcheinander ich war. Natürlich würde sie den Grund dafür wissen wollen.

Da hallte auch schon Esthers Stimme durchs Bad, und ich zuckte zusammen.

»Lizzy! Wir sind wieder da«, rief sie.

Alle Augen der Badegäste schienen auf mich gerichtet. Einige von ihnen hatten mit großer Sicherheit gesehen, dass Jakob mich ... Dieser verfluchte Kerl. Er ließ mich hier allein zurück, während er sich vergnügt aus dem Staub machte. Dem würde ich bei unserem nächsten Treffen was erzählen!

Ich riss mich zusammen und winkte meiner Nichte zu. Ich entdeckte Bente hinter ihr. Beide krebsrot. Ich schlussfolgerte daraus, dass sie im Solarium gewesen waren. Beide neigten dazu, das künstliche Sonnenbaden zu übertreiben.

Bente trat an den Beckenrand. »Lizzy, ich möchte doch heute noch fahren. Ich habe es eben einvernehmlich mit Esther besprochen. Selbstverständlich gilt meine Einladung –«

»Danke«, unterbrach ich sie rasch. »Ich möchte lieber in St. Peter bleiben.« Perfekt, dann klappte es doch noch mit meinem Vorhaben, unter die Bettdecke zu kriechen und meinen Liebeskummer zu pflegen.

Ich erklärte mich einverstanden, das Bad zu verlassen,

und bewegte mich zur Treppe. Als ich aus dem Wasser stieg, wurden meine Glieder noch schwerer. Zusammen begaben wir uns zu den Duschräumen für Mädels. Esther quatschte ununterbrochen. Bente schwieg nachdenklich.

Auf dem Weg zum Hotel flüsterte sie mir zu, dass sie ihre Arbeit aufgeben wolle, um wieder voll und ganz für ihre vier Kinder da zu sein. Als ich kaum reagierte, musterte sie mich prüfend. Ich vermied es, sie anzusehen.

»Ist etwas mit dir? Du wirkst so verwirrt. Hat dieser Jakob dir etwa vollends den Kopf verdreht?« Sie zwinkerte mir wissend zu.

Ich winkte ab. »Quatsch, warum sollte er?«

Bente lachte auf. »Weil er ein verdammt gutaussehender Typ ist?«

Ich gab mich ungerührt, obwohl mein Herz raste. »Kein Grund, mich in ihn zu verlieben. Wie sagt man so schön? Von einem schönen Teller kann man nicht satt werden.«

Im Gehen legte meine Schwester den Arm um mich. Ungeschickt stapfte sie neben mir durch den Schnee.

»Erzähl mir nichts von Liebe. Schon gar nicht, wie du darüber denkst. Ich sehe doch, wie du Feuer fängst, sobald dieser Jakob in deiner Nähe ist. Selbst Esther hat das bemerkt.« Bente zwinkerte mir aufmunternd zu. »Steh doch einfach dazu und zeig ihm, dass du scharf auf ihn bist.«

Ich drehte mich trotzig aus der Umarmung. »Er hat mich geküsst.«

Das war mir nur so rausgerutscht, ich hatte es eigentlich für mich behalten wollen, damit meine Nichte und Bente nicht stichelten.

Meine Schwester blieb abrupt stehen. »Er hat was? Und du erzählst es mir nicht?«

»Hab ich doch gerade.«

»Wann war das?«

»Eben in der Therme. Du und Esther habt euch in der Zeit eure Haut getoastet.«

»Ist ja der Hammer. Aber wo ist er dann abgeblieben?«

»Er hat sich verzogen.« Wut stieg in mir auf. Ob nun auf Bente oder auf Jakob, wusste ich nicht sicher. Das war aber auch egal. Die Wut blieb dieselbe.

»Hat er 'ne Frau zu Hause?«

»Glaube ich nicht, dann wäre er doch nicht allein hier in St. Peter-Ording.«

»Stimmt auch wieder. Weihnachten ist meist der Tag der Versöhnung. Vielleicht aber auch der Streitigkeiten. Es sind schon oft Christbäume aus dem dritten Stockwerk auf die Straße geflogen.« Bente grübelte. »Vielleicht ist er deshalb so zurückhaltend?«

Da könnte Bente natürlich recht haben. Ich fluchte innerlich. Warum verliebte ich mich ständig in die falschen oder vergebenen Männer? War das mein Schicksal? Gab es keinen Partner, der mich für immer lieben würde? Ich nahm mir vor, ab sofort keinen Gedanken mehr daran zu verschwenden. Auf Dauer wäre das für mich gesünder.

Bente zeigte ich meine Enttäuschung nicht, sondern stellte mich ahnungslos.

»Ich weiß nicht, wie du das meinst. Ich bin so, wie es gerade ist, total zufrieden.«

Bente rümpfte die Nase. »Wer's glaubt, Schwesterherz. Aber ich versuche mich nicht einzumischen.«

Sehr großzügig. Hatte sie eben nicht genau das getan?

»Gute Entscheidung«, konterte ich trocken. Ich war froh, dass Esther und sie gleich abfahren würden. Dann musste ich mich nicht mehr ständig rechtfertigen.

In aller Eile, als ob sie einen Zug erwischen müssten, sammelten die beiden ihre Sachen zusammen. Esther schaute mich immer wieder fragend an, hielt aber ausnahmsweise mal die Klappe. Wofür ich sehr dankbar war. Ich lud Bente und Esther zum Abschluss auf einen Kaffee und eine Cola ein. Doch Bente lehnte ab.

»Ich habe eine anstrengende Fahrt vor mir und will keine Zeit verlieren. Wer weiß schon, ob es noch mehr schneit.«

Ich widersprach ihr lieber nicht, damit sie nicht doch erst am nächsten Tag abfuhr. Nach den Turbulenzen der letzten Tage brauchte ich Zeit für mich.

❄

Ich winkte dem Wagen meiner Schwester fröhlich hinterher. Leider musste ich feststellen, dass mein Herz mit jedem Meter, den die Rücklichter des Autos sich entfernten, schwerer wurde. Nun bogen sie um die nächste Ecke, und ich war … allein. Warum noch mal? Weil ich es so wollte.

Ich schleppte mich beinahe zurück in mein Zimmer. Dort lagen noch die benutzten Handtücher von Esther herum. Mein Magen zog sich zusammen. Ich fühlte mich tatsächlich so einsam wie seit Langem nicht. Blödes Weihnachten. Da musste ich nun durch. Ich würde einen Teufel tun und meiner Familie folgen. Dann nähmen sie mich gar nicht mehr für voll. Das wollte ich unbedingt vermeiden, denn ich hasste es, am Gängelband meiner Schwestern zu hängen. Unter Umständen hatte mich diese Abneigung dazu gebracht, unter dem Christbaum niemals die Glückliche zu heucheln. Doch nun gestand ich mir zumindest ein, dass ich meine Freude über die Freiheit nur heuchelte.

Jakob. Ich würde dich am liebsten ...

Ich verwarf meinen Vorsatz, unter die Decke zu kriechen. Die Ruhe im Zimmer hielt ich nicht aus. Ich suchte mir eine trockene Jacke aus meinem Koffer und eilte förmlich nach draußen. Übermorgen war Heiligabend. Dann war der Zirkus endlich vorbei, und ich konnte wieder in den Alltag einsteigen. Auf die Silvesterparty freute ich mich schon, auch wenn ich noch nicht wusste, wo sie stattfinden würde.

Die eisige Luft kam mir entgegen. Sie raubte mir für einen Augenblick den Atem. Meine Lungen brannten, und meine Lippen wurden rissig. Trotzdem schlug ich den Weg in Richtung Dorf ein. Dort gab es ein Restaurant, das ich im Internet gefunden hatte. Es warb mit Strandkörben im Schnee und Heizstrahlern. Kuschelige Wolldecken sollten für zusätzliche Wärme sorgen. Nach dem Schwimmbad und dem Fußmarsch nach St. Peter-Dorf würde ich sicher etwas essen müssen. Dabei konnte ich dann Leute beobachten und mit ein wenig Glück nette Gespräche führen. Genau das Richtige für meine geschundene Seele und allemal besser, als die Bettdecke über den Kopf zu ziehen.

Normalerweise war ich gern unter Menschen und überaus kommunikativ. Mein Schwager meinte stets, ich hätte doppelt so viele Worte parat wie andere Frauen. Dies sei sicher auch der Grund, wieso ich in meinem Job so erfolgreich war. Ich war ja der Meinung, dass ich meine

Erfolge einfach der Tatsache zu verdanken hatte, dass ich eine gute Verlagschefin war. Ohne Frage war in dem Beruf Redegewandtheit von Vorteil, doch es fiel mir auch nicht schwer, zu schweigen, wenn es nötig war.

Es war bitterkalt. Abrupt machte ich noch mal kehrt und beschloss, mir ein Taxi zu gönnen. Es grenzte an Schwachsinn, bei dem Wetter einen Fußmarsch ins Dorf zu unternehmen. Vielleicht würde ich ja den netten Fahrer wiedersehen, der mit mir gelitten hatte, als ich nicht gewusst hatte, ob Esther im Hotel angekommen war. Ich stapfte durch den Schnee zum Taxistand. Die Straßen waren inzwischen geräumt, aber immer noch glitschig, da der Frost die Nässe in Eis verwandelte. Ich klopfte an die Seitenscheibe eines Wagens. Dann musste ich grinsen, denn ich schaute in die verdutzten Augen des Fahrers, der mit mir um Esther gefiebert hatte.

»Moin«, empfing er mich vertraut. »Sag nicht, wir müssen die Göre schon wieder suchen?«

Ich nahm ihm die Bezeichnung für meine Nichte nicht übel, denn ich wusste, er meinte es nicht böse.

Ich lachte. »Nein, die ist wohlbehalten mit ihrer Mutter nach Hause gefahren. Ich möchte ins Dorf. Oder sind die Straßen zu glatt?«

Ich krauste besorgt die Stirn.

»Ach wo. Damit verdiene ich mein Brot. Steig ein.«

Ich ließ mich nicht lange bitten, sondern schlüpfte auf den Beifahrersitz.

»Ich hab oft an euch denken müssen. Ob alles in Ordnung ist und so.« Er zwinkerte mir zu.

»Das ist lieb«, erwiderte ich freundlich. »Es war turbulent, aber jetzt sind die Probleme behoben.«

Der Fahrer nickte. Vorne auf dem Armaturenbrett war sein Name angebracht: Heinz Bertram. Offenbar war er auch der Eigentümer des Taxiunternehmens.

Er folgte meinem Blick. »An den Feiertagen will keiner arbeiten, dann übernehme ich aber auch die restlichen Tage. Wir sind hier schließlich nicht bei ›Wünsch dir was‹.« Heinz lachte unfroh.

Prüfend besah ich mir sein Profil. »Hast du nicht gesagt, du hättest auch Kinder?«

Dabei hoffte ich, dass ich nicht zu neugierig wirkte. Doch er nahm es gelassen.

»Jo, alles da gewesen, aber das hält keine Frau lange aus. Ich komm aber gut klar«, meinte er wenig glaubwürdig.

Ich seufzte leise. Wieder so ein Moment, in dem ich mich fragte, warum es dieses Fest überhaupt geben musste. Einsame Menschen fühlten sich noch einsamer, Gestresste hatten noch mehr Stress, und Eltern zofften sich mit ihren Gören. Von den Eltern der Eltern mal ganz zu schweigen. Innerlich wurde ich ruhig. Ich hatte alles richtig gemacht, indem ich geflüchtet war. Warum war mein Herz dann aber derart schwer?

»Das tut mir leid«, entgegnete ich gefühlvoll.

Heinz winkte ab. »Nee, muss es nicht, mir geht es gut damit.« Wieder so eine Aussage, die ich nicht ganz glaubte. Ich bezeichnete mich schließlich auch gern als glücklicher Single. War das alles kompliziert. »Aber du, mien Deern, solltest mal in dich gehen und überlegen, ob du nicht doch besser Weihnachten mit lieben Menschen verbringen willst.«

Mein Kopf flog zu ihm herum. »Da gibt es nichts, was ich ändern will.«

»Is klar, mien Deern. Ich wollte dir nicht zu nahe –«

»Danke, da vorne kannst du mich rauslassen.« Ich hatte Bedenken, ob das vertraute Du, zu dem er ungefragt übergegangen war, passend war. Normalerweise war ich da nicht kleinlich, aber Heinz war mir für mein Dafürhalten zu nahe getreten. Ich brauchte keinen Rat von einem Wildfremden. Eigentlich von niemandem. Denn ich war in einer Phase, in der ich selbst nicht wusste, wo ich hinwollte, und auch kein Interesse daran hatte, mir den Weg aufzeigen zu lassen.

Er überraschte mich mit empathischen Worten: »Nix für ungut, Deern, ich hatte nicht vor, an dir rumzuerziehen. Vielleicht sehen wir uns ja noch mal.«

Er winkte fröhlich und brauste davon.

Ich zog meinen Schal etwas fester um mich und wandte mich in die Richtung, in der das Zentrum des Ortes lag. Aus der Ferne erkannte ich bereits die beleuchteten Strandkörbe. Feuer loderte in einem extra aufgestellten Außenkamin. Lautes Lachen drang zu mir herüber. Ich suchte die Terrasse nach einem freien Platz ab. Tatsächlich wurde ich fündig und beeilte mich, den Korb in Besitz zu nehmen. Erleichtert ließ ich mich hineinplumpsen. Dann schoss ich jedoch sofort wieder hoch, als ich neben mir eine dunkle, mir bekannte Stimme hörte.

»Hoppla, da hat es aber jemand eilig.« Verwirrt starrte ich in die belustigten Augen Jakobs.

»Entschuldige«, stammelte ich, »ich habe niemanden im Korb gesehen.«

»Wenn du mich als niemanden bezeichnen willst.«

Seine Beine waren unter einer Wolldecke versteckt, die in den gleichen Farben wie die Strandkörbe gehalten war. Lediglich die Boots schauten unten heraus. »Komm, setz dich ruhig, ich werde mich benehmen.« Jakob grinste breit. Offenbar war seine Laune besser als sonst.

Unvermittelt dachte ich an unser Treffen im Schwimmbad. Hitze schoss durch meinen Körper. Mein Gesicht glühte vermutlich rot wie eine Tomate.

»Bist du sicher? Ich wollte eine Kleinigkeit essen. Wenn ich dich störe …«

»Trifft sich gut, ich habe auch noch nicht bestellt.« Er zupfte an meiner Jacke, damit ich mich endlich neben ihm niederließ. Erstaunt über seine Offenheit, folgte ich der Einladung.

Jakob sah mich nachdenklich an. »Ziemlich viele Zufälle, bei denen wir uns über den Weg laufen, nicht wahr?«

Diese wunderschönen Augen. Ich war hin und weg von seiner Ausstrahlung. Ich schluckte.

»Kann man so sagen.« Ich senkte den Blick auf meine Hände, die unruhig über meine Jeans streiften. Ich ballte sie zu Fäusten, um der nervösen Bewegung Einhalt zu gebieten.

Jakob entschärfte die Situation, indem er die Speisekarte ergriff. »Weißt du schon, was du essen möchtest?«

Ich riss die Augen auf. In seiner Nähe verweigerte mein Magen die Nahrungsaufnahme. Schmetterlinge schlugen ihre Flügel darin und breiteten sich aus. Hastig schüttelte ich den Kopf.

»Ich kann dir die Currywurst im Bierteig empfehlen. Oder aber die Spätzle mit Käsesoße.«

Mein Mund wurde trocken. Die Vorschläge hörten sich himmlisch an. Doch ich zweifelte an meinem Appetit. Um aber keine Spielverderberin zu sein, wählte ich die Currywurst, dazu eine Cola und später einen Milchkaffee. Jakob entschied sich für ein Bier und ebenfalls eine Wurstspezialität mit scharfer Soße und Pommes.

Die Heizstrahler verrichteten ihren Dienst. Mir wurde sehr schnell warm, auch wegen der Wolldecke, die Jakob fürsorglich mit mir teilte, obwohl reichlich Decken herumlagen. Gut möglich, dass er es war, der mein Blut zum Brodeln brachte.

Die Bedienung zitterte, während sie unsere Bestellung aufnahm. Jakob gab ihr den gut gemeinten Rat, eine Jacke überzuziehen. Sie lächelte schüchtern. »Dann würde ich mich nur noch an- oder auskleiden, und unsere Gäste müssten viel länger warten als so schon.«

»Aber es geht hier um Ihre Gesundheit«, wandte ich ein. Ein Achselzucken musste offenbar als Antwort genügen. Rasch entfernte sie sich von unserem Tisch und verschwand im Inneren des Restaurants.

Zwischen Jakob und mir setzte ein Schweigen ein, das ich nicht als unangenehm empfand. Jakobs Wangen waren leicht gerötet, und er schaute versonnen auf die Dekoration, die großzügig auf der Terrasse verteilt worden war. Unsere Schultern berührten einander. Ich spürte, wie er langsam ein- und ausatmete. Das führte auch bei mir unerwartet zur Tiefenentspannung. Ich musste darauf achten, meinen Kopf nicht auf Jakobs Schulter zu legen. Solche Harmonie hatte es bisher noch nicht zwischen uns gegeben. Ich musste mir eingestehen, dass ich sie wunderschön fand.

Ob Jakob das genauso erlebte, konnte ich nicht einschätzen. Immerhin ergriff er nicht wieder die Flucht. Das hätte mich ehrlich gesagt komplett durcheinandergebracht. Ich hoffte inständig, dass er den Kuss nicht wieder als Fehler abzutun versuchen würde. Leise Musik spielte im Hintergrund, und es störte mich nicht, dass es sich dabei um traditionelle Weihnachtslieder handelte.

23

JAKOB

Langsam glaubte ich an Schicksal. Schon wieder war Lizzy direkt neben mir gelandet. Wie ein Paukenschlag ließ ihre Ankunft mein Herz springen. Ihre vor Schreck geweiteten Augen rührten mich, und der darauffolgende Redefluss ließ mich schmunzeln. Ich freute mich, dass sie meine Einladung, zu bleiben, dann doch annahm. Selbst die Stille, die zwischen uns einkehrte, war alles andere als unangenehm. Doch plötzlich rutschte Lizzy neben mir unruhig hin und her.

»Sag mal, Jakob, warum bist du allein in St. Peter? Stress mit deiner Frau oder Freundin?«

Ich zuckte zusammen. Lizzy entging dies natürlich nicht.

»Entschuldige bitte, ich wollte nicht neugierig sein. Aber wenn mich ein Mann, noch dazu so ein gutaussehender, auf den Mund küsst, kommen mir schon Fragen. Aber du musst sie nicht beantworten, wenn dir das zu persönlich ist.« Sie redete, ohne Luft zu holen.

Sie hatte ja nicht unrecht, ich war im Schwimmbad

einfach zu weit gegangen. Ich musste probieren, es zu erklären. Ich hob die Hand, um Lizzy zum Schweigen zu bringen. Sie presste die Lippen aufeinander, dabei wurden ihre Augen groß. Ich musste einen Kloß herunterschlucken, der sich in meinem Hals bildete und mir die Spucke raubte. Zuerst fand ich Lizzys Frage tatsächlich zu persönlich. Doch ich hatte mich schon gegenüber Frau Schlüter geöffnet und dadurch eine leichte Erlösung aus meinem Gefängnis der Gefühle erfahren. Warum sollte es mir bei Lizzy nicht auch so gehen? Ich wandte ihr mein Gesicht zu. Die Art, wie sie mich jetzt wieder anschaute … Mein Herz schmolz zu einem Klumpen zusammen. Lizzy zog mich an wie das Licht die Motten.

Lisa hätte nicht gewollt, dass ich allein bleibe ... Wenn ich das nur glauben könnte, dann wäre alles viel einfacher.

Ich schluckte den Kloß herunter. Die ersten Worte, die ich sprach, hörten sich verdammt blechern an.

»Ich habe vor fünf Jahren durch einen bösen Unfall meine große Liebe verloren.«

Sie reagierte mit Bestürzung. Mitleid spiegelte sich in ihren wunderschönen Augen. Ich versuchte, ihr zu erklären, dass ich tröstende Worte nicht ertrug.

»Oh«, war daraufhin ihre Antwort.

»Dies ist der Grund, aus dem ich Weihnachten verlogen und überflüssig finde. Warum hat der Idiot da oben mir das angetan?«

»Darauf findet man nie Antworten. Manche sagen, es sei eine Prüfung, andere wiederum nennen es einen Fluch. Ich würde da auch Letzteres annehmen. Denn einen solchen Verlust, wie du ihn erleben musstest, als Prüfung zu bezeichnen, ist zu hart. Finde ich.« Sie senkte den

Blick, um ihn kurz darauf wieder zu heben und über die Terrasse ins Leere zu starren. Ein Ruck ging durch ihren Körper. »Warum dann der Kuss? Erinnere ich dich an sie?«

Ich schüttelte den Kopf. »Niemand ist so wie Lisa, aber ich …«

»Ja?« Sie hielt den Atem an.

»Ich habe keine Ahnung. Es war … Magie? Mich hat nach Lisa keine Frau interessiert, aber du bist da irgendwie eine Ausnahme. Trotzdem ist es unglaublich schwer für mich, mich auf jemand anderen einzulassen.« Lizzy wirkte verschlossen und nachdenklich. »Hab ich dich jetzt geschockt?«

»Ich weiß nicht, ob ›geschockt‹ der richtige Ausdruck ist. Wenn ich ehrlich bin, habe ich mich ein bisschen in dich verguckt.« Sie wurde rot, als schämte sie sich plötzlich für ihre Offenheit. Doch mir gefiel das. Sie sah mir lange in die Augen. »Es ist nicht leicht. Eine verstorbene Frau ist eine große Konkurrenz. Ich weiß nicht, ob ich damit klarkommen würde.«

Das Gesagte stand zwischen uns, als das Essen gebracht wurde.

»Ihr müsst schnell sein, bevor es kalt wird.« Die Bedienung lachte und verschwand eilig im Warmen.

Das ließen wir, ich zumindest, uns nicht zweimal sagen. Lizzy zögerte, ihr schien der Appetit abhandengekommen zu sein. Ich ermunterte sie augenzwinkernd zum Essen. Was sie mehr oder weniger lustlos tat.

»Wirklich lecker«, meinte sie dann jedoch, »danke für den Tipp.« Tatsächlich aß sie jetzt mit gesteigertem Appetit.

Als wir fertig waren, lehnte sie sich im Strandkorb zurück.

»Ein besonderer Abend heute«, hauchte sie versonnen. Ich lächelte dankbar. Denn auch ich fand unser Beisammensein ungemein schön.

»Das verlangt nach einer Wiederholung«, frohlockte ich, dann trank ich einen großen Schluck Bier. »Puh, ist das kalt. Ein Glühwein wäre vielleicht doch besser gewesen.«

Lizzy lachte herzlich über meinen Gesichtsausdruck. »Man lernt eben nie aus. Aber dieses Heißgetränk ist zu traditionell für unseren Geschmack, nicht wahr?«

Ich grinste. »Stimmt, aber mit dir ist es irgendwie schön.«

Das war mir so rausgerutscht, aber immerhin auch so gemeint.

Lizzy freute sich sichtlich darüber. »Wo du recht hast.«

Ich war etwas überrascht, als sie sich bei mir einhakte und ihren Kopf gegen meine Schulter legte, doch ich ließ es zu und genoss es sogar.

Lizzy seufzte. »Wir sind schon so verkorkste Typen. Manchmal frage ich mich, ob das ewig so weitergehen soll.«

»Vielleicht, aber ich glaube, da müssen wir abwarten. Warum bist *du* allein? Noch nicht den Mr. Right gefunden?«

»Ich glaube, ich bin zu kompliziert. Da hält es kein Mann lange mit mir aus.«

Ich musste lachen. »Ein bisschen chaotisch vielleicht, aber das finde ich gerade süß.«

Ihr Kopf flog in meine Richtung. Dort, wo er soeben geruht hatte, wurde es schlagartig kühl.

Sanft zog ich sie zurück und legte zusätzlich meinen Arm um sie. »War nicht böse gemeint.«

Wir schwiegen. Dabei sahen wir auf die rosa Beleuchtung der Weihnachtsbäume, lauschten der leisen Musik und versanken in unsere Träume. Ich konnte es nicht vermeiden, für den Bruchteil einer Sekunde an Lisa zu denken. Deutlich stand mir ihr zartes Gesicht vor Augen. Nickte sie mir freundlich zu? Eine Gänsehaut schlich sich über meinen Rücken, die jedoch nicht der Kälte zuzuschreiben war. Lisas Gestalt verschwand im dichten Nebel, ich erkannte noch, wie sie mir zuwinkte, um sich dann, wie von einem Luftzug erfasst, aufzulösen. Ich beugte mich nach vorn, als ob ich ihr folgen müsste. Doch ich wusste, es wäre zwecklos. Lisa hatte mich freigegeben. Lizzys Körper neben mir erfüllte mich mit einem unglaublichen Glücksgefühl. Fast schmerzlich wurde mir bewusst, dass ich diese Empfindung seit Ewigkeiten nicht mehr verspürt hatte.

Lizzy reckte sich neben mir. Sie gähnte herzhaft. »Wollen wir zahlen? Schau, es fallen wieder dicke Flocken vom Himmel. Nicht dass wir hier zu Statuen erstarren.« Sie kicherte. »In hundert Jahren werden wir gefunden, und man nennt uns ›die letzten Singles des Nordens‹.«

»Das gilt es zu verhindern. Ich gehe mal rein und zahle. Du bist natürlich eingeladen.« Ich schälte mich aus dem Strandkorb und bewegte mich steifbeinig zum Eingang des Restaurants. Dabei spürte ich Lizzys Blick in meinem Rücken. Ich drehte mich nicht zu ihr um, denn ich fürchtete, dass sie mich gar nicht sah. Aber ich wollte plötzlich gesehen werden. Im Besonderen von dieser zauberhaften Frau mit dem Namen Lizzy. Beschwingt stieß ich die Tür auf und verschwand mit der Geldbörse in den Händen nach drinnen.

Die freundliche Bedienung schwirrte herbei und lächelte. »War alles in Ordnung?«

»Ja, danke, alles bestens. Eine tolle Idee mit den Heizstrahlern bei den Strandkörben«, lobte ich.

»Freut mich, wenn es euch gefallen hat. Dann wünsche ich dir und deiner Freundin noch einen zauberhaften Abend.«

Ich stutzte. Hatten wir den Eindruck erweckt, ein Paar zu sein?

»Sie ist nicht … Ähm, danke, dir auch später einen schönen Feierabend.«

Nachdem ich gezahlt hatte, verließ ich nachdenklich das Restaurant. Dass eine Fremde uns für ein Paar hielt, fand ich irgendwie schön, aber auch beängstigend. Was würde aus uns werden, wenn die Feiertage vorüber waren? Gäbe es ein Wiedersehen? Ich beschloss, mir darüber keine weiteren Gedanken zu machen, und lief hinaus in die kalte Winterlandschaft des Nordens.

24

LIZZY

Himmel, war der Mann sexy. Meine Blicke konnten kaum von ihm ablassen. Wieder musste ich an den Kuss denken und loderte innerlich vor Sehnsucht nach mehr. Ich war aufgestanden und wartete auf dem Bürgersteig, der vor dem Restaurant entlangführte. Nur noch wenige Leute waren unterwegs. Die dicken Schneeflocken setzten sich auf meinem Kopf ab, benetzten mein Gesicht und ließen mich in wenigen Sekunden zur Schneefrau werden. Ich hielt mein Gesicht dem Himmel entgegen. Täuschte ich mich, oder fielen da lauter herzförmige Flocken herunter?

Ich schaute mich um. Auf der anderen Straßenseite entdeckte ich jemanden, den ich kannte. Anton. Er schlich langsam über die Straße. Plötzlich sah er zu mir herüber und grinste breit. Dann winkte er mir freundlich zu. Noch bevor ich zurückwinken konnte, war er aus meinem Sichtfeld verschwunden. Wie konnte er nur so schnell aus dem Blick geraten? Er war langsam wie eine Schnecke, aber schnell wie der Blitz, wenn es darum ging, sich in Luft aufzulösen. Solch einen Zauber hatte ich zuletzt als Kind erlebt, wenn es hieß, der Weihnachtsmann wäre da. Ich schüttelte mich. Langsam zweifelte ich an meinem Verstand.

Plötzlich tauchte Jakob neben mir auf. Sofort schlug mein Herz um einiges schneller. Ich könnte noch Stunden mit ihm verbringen. Doch ich fürchtete, dass er mich gleich wieder stehen lassen würde. Er war blass, und seine Augen schimmerten verdächtig.

Ich seufzte laut. »Ich hoffe, dass noch ein Taxi zu bekommen ist.«

Ich staunte nicht schlecht, als Jakob meinte: »Der Abend fängt doch gerade erst an. Wenn du nicht zu müde bist, können wir da drüben über den Deich gehen und durch die Dünen laufen.«

Natürlich war ich hundemüde, aber das würde ich nach diesem verlockenden Angebot nie zugeben. Ich schmunzelte. »Ich würde vorschlagen, wir gehen in Richtung Bad.«

Jakob lachte auf. »Somit wäre die Frage nach einem Taxi auch geklärt?«

»Wir werden zu Eiszapfen mutiert sein, bis wir dort ankommen.«

»Das kann ich mir nicht vorstellen.« Er sah mich glühend an, und ich fühlte mich sofort wie ein Bollerofen.

Gleichzeitig kamen in mir Zweifel hoch. Was, wenn er nur mit mir spielte? Würde ich die Enttäuschung ertragen? Mit jeder Faser sehnte ich mich danach, in seinen Armen zu liegen, und was sonst noch dazugehörte. Ich war bis über beide Ohren in Jakob verliebt. Leider wusste ich auch, wie schwer es wäre, mit einer Toten zu konkurrieren.

Sie würde immer zwischen uns stehen. Jakob würde Vergleiche anstellen und womöglich von mir enttäuscht sein.

Er hatte sie mir beschrieben. Ihm zufolge hatte sie eine elfenhafte Figur gehabt und ein Gesicht mit feinen Linien und vollen Lippen. Die zum Küssen nur so einluden. Zugegeben, das hatte er so nicht gesagt, es war meiner eifersüchtigen Fantasie und meinem mangelnden Selbstwertgefühl entsprungen.

Jakob schubste mich leicht an. »Die Gefahr, zu erfrieren, ist deutlich höher, wenn wir uns nicht bewegen.«

Ein Taxi fuhr langsam an uns vorbei. Ich zögerte nicht lange und pfiff auf den Fingern. Sofort leuchteten die Bremslichter auf.

»Tut mir leid, aber ich muss … Ich möchte lieber gehen.«

Wenn Jakob überrascht war, so ließ er es sich nicht anmerken.

»Okay«, meinte er leise, »dann schlaf später gut.«

Mein Herzschlag setzte aus, als er mein Gesicht in beide Hände nahm und mir einen Kuss auf die Lippen hauchte. Meine Beine gaben nach. Ich schlang meine Arme um seinen Hals und erwiderte den Kuss. In diesem Moment schien es absurd, allein ins Hotelzimmer zurückzukehren, aber es war dennoch vernünftig. *Er wird mir das Herz brechen*, hallte es in meinem Hirn.

»Du auch, bis morgen?« Ich wusste selbst nicht, woher ich die Gewissheit nahm, dass wir uns erneut treffen würden. Umso mehr machte mich seine Antwort glücklich.

»Ich freue mich, dich wiederzusehen. Aber wie erreiche ich dich?« Seine Augen wurden dunkel.

»Mister Zufall? Oder doch besser Handynummern austauschen?«

Jakob nickte langsam. Ich legte ihm meine Visitenkarte in die Hand.

»Bis morgen«, wiederholte ich und eilte zum wartenden Wagen, der mich sicher zum Hotel beförderte.

Als ich mein Zimmer betrat, empfing es mich mit gähnender Leere. War mein Bedürfnis nach Ruhe auch durchaus vorhanden, fühlte ich mich in diesem Moment doch wieder einsam und verlassen. Ich schimpfte innerlich mit mir selbst. Warum war ich nur derart unruhig? War die Auszeit in St. Peter-Ording nicht gerade das, was ich gesucht hatte? Wenn Jakob in meiner Nähe war, war ich glücklich, sobald er wieder weg war, kamen die Selbstzweifel. Dabei stand nicht einmal fest, ob wir eine gemeinsame Zukunft hätten. Ich war eine hoffnungslose Träumerin.

Das Läuten des Telefons war eine willkommene Ablenkung von meinen verwirrten Gedanken. Dass es ausgerechnet Silvi war, die mich so spät noch sprechen wollte, passte mir dennoch nicht. Ich war immer noch sauer auf sie.

»Silvi, was ist?« Ich gab mir nicht die Mühe, meinen Unmut über ihr Verhalten zu verbergen.

»Liebes«, säuselte meine Freundin. »Ich wollte nur mal nachfragen, ob du nicht doch die Feiertage mit uns verbringen möchtest. Du bist herzlich eingeladen.«

Ich glaubte, mich verhört zu haben. Ich sollte mit den Turteltauben unter dem Weihnachtsbaum hocken und gute Miene dazu machen?

»Silvi.« Ich schlug die gleiche Tonart an. »Ich bin total

froh, hier zu sein. Und könnte mir nichts Besseres vorstellen.«

Sie schwieg eine Weile. »Du bist noch sauer, oder?«

»Nö, ich plane zu gern einen Urlaub mit dir zusammen, den du dann nach wenigen Stunden abbrichst, um mich wie eine Landstreicherin im Hotel zurückzulassen.«

Silvi kicherte. Offenbar hatte sie nicht kapiert, wie sehr ich mich darüber ärgerte.

»Dein Zimmer ist für eine Rumtreiberin doch ganz nobel.«

»Ich wünsche euch von Herzen viel Glück und dass du deinen Schritt nicht bereust.«

»Danke, wir sind uns einig. Wir überlegen ein Kind zu bekommen. Ich würde mich freuen, wenn du Patentante werden würdest.«

»Nein!« Ich kämpfte mit den Tränen. Sah Silvi denn nicht, dass ihr Freund sie damit nur an sich band? Dann konnte er wieder in aller Ruhe seine eigenen Wege gehen, während Silvi Haus, Hund und Kind hütete.

Meine Freundin lachte. »Ich weiß, dass du dir das später noch überlegen wirst.«

Wie kam sie nur darauf?

»Ich bin müde, gute Nacht, Silvi.«

Ich legte auf. Die Blauäugigkeit meiner besten Freundin trieb mich zur Weißglut. In zwei Tagen war Weihnachten. Ich wäre froh, wenn es schon vorbei wäre und der Alltag wieder Einzug hielte.

Ich hatte das Rauchen längst aufgegeben, doch für gewisse Momente hatte ich immer Zigaretten bei mir. Dies war eindeutig so ein Moment. Ich schlüpfte in meine Jacke, schnappte mir die vom Hotel bereitgestellten

Streichhölzer und bewegte mich auf den Balkon. Draußen vergewisserte ich mich erst mal, dass ein Aschenbecher zur Verfügung stand. Ich war aus der Übung. Daher verbrauchte ich drei der Zündhölzer, bis der Glimmstängel endlich qualmte. Ich nahm einen tiefen Zug und musste feststellen, dass dieses Zeug grässlich schmeckte. Natürlich ließ ich mich davon nicht abhalten.

Ich schaute sehnsüchtig auf das Meer. Im Sommer war St. Peter mit der größten Sandkiste im Norden ein Magnet für Sonnenanbeter. Von dem feinen Sandstrand war unter der Schneemasse gerade nichts zu erkennen. Trotzdem war die salzige Luft eine Wohltat. Eine Schande, dass ich meine Lungen mit Tabak verpestete. Ich zündete mir dennoch eine zweite Zigarette an. Meine Nerven brauchten das irgendwie. Mit dem Streichholz malte ich kleine Herzen in den Schnee, der sich auf der Balkonbrüstung niederlegte wie in einem Märchenbuch. Ich verzierte ihn mit vielen Herzen.

»Schneeflockenherzen«, murmelte ich vor mich hin. Ich war eine hoffnungslose Romantikerin. Ich musste unentwegt an Jakob denken. Warum hatte ich mich so eilig von ihm verabschiedet? Richtig, er trauerte seiner Freundin nach. Da hatte ich nicht die geringste Chance.

Ich drückte die Kippe im Aschenbecher aus und lief zurück aufs Zimmer. Mein Handy piepte. Sicher war das Silvi, die immer noch versuchte, mich zu überzeugen, mit ihr und ihrem Freund Weihnachten zu feiern. Meine Neugier hielt sich in Grenzen. Daher schaute ich nicht nach. Ich würde mich wahrscheinlich nur ärgern.

Missgelaunt machte ich den Fernseher an. Ich schaltete mich durch die Programme, um festzustellen, dass

Sendungen wie *Der kleine Lord* oder *Drei Nüsse für Aschenbrödel* nicht mein Interesse erwecken konnten. Als Kinder hatten wir die Filme geliebt, und sie waren im Dezember Pflichtprogramm gewesen. Jetzt wäre ich lieber mit Jakob durch den Schnee gewandert. Am liebsten mit meiner Hand in seiner. Ich seufzte, dann legte ich mich ins Bett, um in einen unruhigen Schlaf zu fallen.

25

JAKOB

Verwirrt sah ich dem Taxi nach, das Lizzy von mir fortbrachte. Ich fragte mich, was ich nun wieder falsch gemacht hatte. Es war doch ein wunderschöner Abend gewesen, der noch nicht sein Ende gefunden hätte, wenn Lizzy nicht urplötzlich darauf bestanden hätte. Ich spürte noch ihre weichen Lippen, die wie Honig schmeckten und meinen Kuss fordernd erwidert hatten. Fast wäre ich vollends darin versunken. Mein Bruder wäre glücklich über meine ›Fortschritte zurück ins Leben‹, wie er es gern nannte. Er hatte recht gehabt. In den Augenblicken, wenn Lizzy mir unglaublich nahe war, pochte mein Herz, und mein Blut schien endlich wieder mit ausreichend Sauerstoff versorgt zu werden. Es war tatsächlich LEBEN.

Ich musste grinsen. Denn ein Glücksgefühl überkam mich ob der Erkenntnis, dass es ein Leben ohne Lisa geben konnte, wenn ich es nur zuließ. Ich glaubte, dass ich bereit dazu war. Verzückt legte ich den Kopf in den Nacken und kühlte mein Gesicht mit den weißen Flocken ab. Was für ein wundervoller Zauber in der Luft lag.

Ich nahm die Visitenkarte aus der Hosentasche und studierte genau, was dort stand. Lizzy war Chefin eines Verlags. Den Eindruck hatte sie nicht auf mich gemacht. Müsste sie dann nicht selbstbewusster rüberkommen? Nun gut, Urlaub an der Nordsee und der Alltag im Verlagshaus waren sehr unterschiedliche Dinge. Auch ich war knallhart, wenn es um das Aushandeln von Verträgen ging, aber nicht beim Durchsetzen gegen meine Pensionswirtin. Aber bei einem war ich mir recht sicher: Ich müsste mich schon sehr täuschen, wenn Lizzy sich nicht in mich verliebt hätte. Schließlich erging es mir mit ihr nicht anders.

Ich entschloss mich dann, allein durch die verschneite Dünenlandschaft zu laufen. Um in die Pension zurückzugehen, war es eindeutig zu früh. Elvira würde mich freudestrahlend abfangen und dazu überreden, mit ihr Karten zu spielen oder mit Erdnüssen vor dem Fernseher zu hocken. Aussichten, auf die ich gern verzichten wollte.

Beim Gang durch die Dünen wurde mir bewusst, dass Lisa sich tatsächlich von mir verabschiedet hatte. Sosehr ich mich auch mühte, mir ihr Gesicht vor Augen zu führen, es erschien mir nicht. Ich fluchte leise.

»Lisa, komm zu mir zurück, wo bist du?« Doch auch das half nicht. Ich grübelte, wo ich ein Foto von ihr hatte. Ich würde mein Handy nach alten Erinnerungen durchforsten, Aufnahmen von Urlauben, Fahrradtouren und anderen Dingen, die wir unternommen hatten. Seit ihrem Tod war es mir immer möglich gewesen, ihr Gesicht, ihr Lachen und ihre strahlenden Augen heraufzubeschwören. Wo immer ich ankam, Lisa war schon dort, um mich aufzufangen. Es wäre schrecklich, dies zu verlieren. Vielleicht war ich einfach zu erschöpft und sollte besser ins Bett gehen, statt hier durch die Kälte zu wandern, wenn es mir meine Lisa raubte.

Doch ich lief noch eine Weile weiter. Es war ein starker Wind aufgekommen, und im Mondlicht konnte ich die vorbeiziehenden dunklen Wolken sehen, die am Firmament drohten, ihre Schleusen weiter zu öffnen. Hier im Norden, zwischen den Meeren, kam es nicht oft zu dieser Wetterlage mit Schnee und Eis. Meistens blieb die weiße Pracht nicht lange liegen, und es folgte Regen. Aber in diesem Jahr war es anders. Wie offenbar so vieles, was mir sonst Sicherheit bot.

Meine Gedanken wanderten nicht zu meiner verstorbenen Freundin, sondern zu Lizzy. Ich hätte diesen Gang durch die Dünen zu gern mit ihr gemeinsam unternommen. Wie sie sich im Strandkorb an mich gekuschelt hatte, war mir tatsächlich in schöner Erinnerung geblieben. Sie hatte Bedenken bekundet bei der Vorstellung, mit einer Toten zu konkurrieren. Da hatte sie nicht unrecht, denn Lisa war meine große Liebe gewesen, und im Grunde war sie es immer noch. Doch Lizzy war völlig anders als sie. Einerseits stark und wortgewandt, andererseits verletzlich und zurückhaltend, dort, wo es angebracht war.

Statt Lisas Gesicht tauchte nun Lizzys vor mir auf. Ihre großen blauen Augen, der skeptische Blick und nicht zuletzt ihre Liebe zu ihrer Nichte. Das hatte mich unglaublich beeindruckt. Ob das nun daran lag, dass ich diese Fürsorge als Kind nie erlebt hatte, oder daran, dass ich tatsächlich auf dem besten Weg war, mich in sie zu verlieben. Im Grunde wäre Elvira gerade genau die Richtige, um mich auf meinem Weg in die gewünschte Richtung zu schieben. Mit ihrem Einfühlungsvermögen und ihren Worten, die alles immer auf den Punkt brachten. Dabei war sie doch selbst die einsamste Person auf Erden. Nur dass sie das nie zugeben würde. Wie viel Kraft mochte sie das kosten? Ich wünschte mir eine Portion davon für mich.

Ich schüttelte den Kopf über mich. Welche Ideen kamen mir da in dieser kalten Winternacht? Ich schlug den Weg zurück ins Zentrum des Dorfes ein, um endlich in meine Pension zu gehen.

»Ach Jakob, wo hast du dir denn diese Schneelawine auf deiner Jacke eingefangen? Ist dir nicht kalt?«

Ich schmunzelte. Natürlich war Elvira noch wach und hatte auf mich gewartet.

»Es geht schon, mach dir keine Sorgen, ich bin nicht aus Zucker.«

Eindringlich starrte sie mich an. »Das weiß ich doch, aber etwas an dir ist schon wieder anders. Was ist dir über die Leber gelaufen?«

Ich zerrte die nasse Jacke von meinem Körper und lachte sie unbekümmert an. »Elvira, du siehst Gespenster. Es ist alles in Ordnung.«

Sie nahm mir die Jacke ab. »Ich hänge sie im Heizungsraum auf, da wird sie schnell trocknen.«

Mir schwante Übles bei ihrem Vorhaben. So hätte sie mich unter Kontrolle, wenn ich versuchen sollte, unbemerkt das Haus zu verlassen.

»Das ist wirklich lieb von dir«, sagte ich höflich, verschwieg aber, dass ich eine weitere Jacke dabeihatte. Ich spielte ihre List mit. »Darf ich sie mir dann holen, wenn ich sie brauche?«

»Natürlich, komm, ich zeige dir, wo ich sie zum Trocknen aufhänge.«

Ich folgte ihr durch die Küche zum Hintereingang. Hier öffnete sie eine Tür zum Öllager ihrer Heizung. Ein modriger Geruch schlug mir entgegen. Staub und Öldünste waberten auf. Es war fraglich, ob ich die Jacke, ohne sie vorher zu waschen, noch anziehen wollen würde. Aber ich beschwerte mich nicht.

Sorgfältig wählte Elvira einen Kleiderbügel für meine Jacke und zog eine Wäscheleine von einer Ecke zur anderen. Zufrieden rieb sie sich die Hände und grinste.

»Morgen ist sie wieder einsatzfähig«, versprach sie zuversichtlich.

»Danke, Elvira. Du gibst dir viel zu viel Mühe mit deinen Gästen.«

Sie sah mich mit geweiteten Augen an. »Ein Zuviel kann es gar nicht geben. Meine Mieter sollen sich wohlfühlen und bestenfalls gern wiederkommen.« Sie lächelte verschmitzt. »So geht Urlaub heute, glaub mir. Außerdem bereitet es mir unglaublich Freude. Gerade bei besonderen Gästen, wie du einer bist.«

»Das merkt jeder Gast in deinem Haus, du bist eine fantastische Pensionswirtin. Ich fühle mich geehrt, liebe Elvira.«

Sie errötete leicht. »Du Schleimer, aber danke schön. So, nun lass uns noch einen Schlaftrunk zu uns nehmen. Damit wir in der Nacht süße Träume haben.«

Kichernd lief sie voran in die Küche. Hinter ihrem Rücken verdrehte ich die Augen, musste aber doch über sie schmunzeln. Elvira holte einen lieblichen Roten hervor und bat mich, die Flasche zu öffnen. Wir machten es uns auf den Sesseln im Wohnzimmer bequem. Elvira saß mir gegenüber und sah mir zu, wie ich mit dem Korkenzieher hantierte. Entzückt legte sie beide Hände auf ihre Wangen.

»Ich muss gestehen, selbst hätte ich die Flasche nie köpfen können. Das hat mein Mann früher immer gemacht.« Sie lehnte sich entspannt in ihrem Ohrensessel zurück. Ihr gefiel es sichtlich, dass ich sie bediente.

»Prost, mein Junge, auf das Leben und was da noch kommt.« Die Gläser stießen sanft, aber stimmungsvoll aneinander. Ich war gerührt über die Zuneigung, die sie mir entgegenbrachte.

Elvira nippte an ihrem Glas und stellte es ab. Neugierig sah sie mich an. »Nun erzähl, hast du sie heute wieder getroffen?«

Ich spielte den Ahnungslosen. Obwohl ich mir sicher war, dass sie Lizzy meinte.

»Ich war spazieren, sonst nichts«, versuchte ich sie von dem Thema abzulenken.

Meine Pensionswirtin lachte auf und schlug sich auf ihren Oberschenkel. »Du weichst mir aus, glaub nur nicht, dass ich es nicht merke.« Meine Wangen brannten. »Mein Junge, du musst mir nicht dein Herz ausschütten, sag einfach direkt, was passiert ist.« Erneut griff sie zum Glas und trank einen Schluck. Lange betrachtete sie das Weinglas in ihrer Hand. Wog es hin und her und roch an dessen Inhalt. »Ein guter Tropfen, du solltest ihn nicht verschmähen.«

»Er ist köstlich«, kommentierte ich und nahm wie zum Beweis einen großen Schluck. Unter Elviras prüfendem Blick wurde mir unbehaglich. Längst ahnte sie, wie es in mir aussah. Ich blickte ihr nun aufrichtig in die Augen. Ich konnte sie einfach nicht belügen. Sie war fast so eine kleine Hexe wie Esther, nur nicht so fordernd.

»Ich habe sie heute geküsst.« Das war mir so herausgerutscht, ich hatte ihr das nicht erzählen wollen.

Elviras Augen funkelten. »Großartig, mein Junge. Wie ging es weiter?«

Verdutzt starrte ich sie an. »Ich habe mich natürlich entschuldigt.«

Elvira beugte sich zu mir vor. »Jetzt sag aber nicht, du hast behauptet, dass es nicht so gemeint war?«

Entsetzen schimmerte in ihren Augen.

»So ähnlich. Meinst du, das war falsch?«

»Falsch? Das ist gar kein Ausdruck. Sie muss sich unglaublich verletzt fühlen.«

Ich wurde unsicher. Hatte ich ihr damit denn nicht sanft erklärt, dass ich noch nicht so weit sei? Und es wohl auch nie sein würde? Es lag mir fern, Lizzy wehzutun.

»Du solltest das unbedingt morgen klären.« Elvira erhob sich schwerfällig. »Am besten, du gehst ins Bett und lässt das Mädchen nicht lange auf dich warten.«

»Aber Elvira, ich … ich weiß nicht, ob das richtig wäre. Ich will nicht wie ein Angeber dastehen, aber immerhin bin ich mir sicher, dass sie sich in mich verguckt hat.«

Elvira legte die Stirn in Falten. »Umso wichtiger ist es, dass du mit ihr redest.« Sie nahm mir mein Getränk aus den Händen. »Ab mit dir ins Bett.«

Ich musste unwillkürlich lachen. »Wie redest du mit mir? Außerdem hat sie mir ihre Handynummer gegeben.«

Elvira strahlte. »Fantastisch, Junge, dann sag ihr noch schnell gute Nacht.«

Ich schüttelte ungläubig den Kopf. »Mann, Elvira, du bist mir schon eine.«

Ich sprang von meinem Sessel auf, umarmte die verdutzte Elvira und eilte auf mein Zimmer.

Ich hatte es plötzlich eilig, Lizzys Handynummer einzuspeichern.

26

LIZZY

Da meine Versuche, zu schlafen, gescheitert waren, lief ich kurz vor Mitternacht noch einmal zur Seebrücke hinunter. Dort atmete ich die salzige Nordseeluft tief ein und sah verträumt wie Lili Marleen auf das tosende Meer. Bald wurde es mir jedoch zu kalt, und ich entschied mich für den Rückweg ins Hotel.

Durchgefroren betrat ich die Lobby. Ich zitterte, jedoch war mir bewusst, dass das nicht nur an der Kälte lag. In Jakobs Nähe war alles anders. Ich sehnte mich nach ihm, gleichzeitig hatte ich Angst, dass ich mich da in etwas verrannte. Ich nahm mir vor, es langsam anzugehen. Die Frage war nur, was es mir bringen würde. Verliebt war ich in ihn, daran war nichts mehr zu drehen.

Ich fuhr mit dem Fahrstuhl in das dritte Stockwerk. Mit klammen Fingern holte ich die Zimmerkarte hervor und bewegte mich ins Bad, um eine heiße Dusche zu nehmen. Ich musste für ein wenig Wärme sorgen, damit ich nicht zum Eisblock mutierte. Dieses innerliche Frieren blieb trotzdem.

Jakob, was machst du mit mir?

Später lag ich auf meinem Bett und starrte wieder die Zimmerdecke an. Ich stellte mir eine wunderbare Zukunft mit meinem Traummann vor. Ich schreckte hoch, als mein Handy piepte und eine Kurznachricht ankündigte. Eine Nummer, die nicht in meinen Kontakten gespeichert war. Ich schwebte mit dem Finger über dem Text und überlegte, ob es richtig war, die Nachricht zu öffnen. Dann las ich den ersten Satz.

Liebe Lizzy, es war ein schöner Abend mit dir.

Eilig setzte ich mich auf. Jakob! Mein Herz schlug wild in meiner Brust. Meine Finger zitterten, als ich die Nachricht ganz öffnete.

Ich denke an dich und wünsche dir eine gute Nacht. Bis hoffentlich morgen. Dein Jakob.

Oh mein Gott! Er dachte an mich? Auch wenn ich dadurch nicht weiterkam, machten mich seine Worte glücklich. Sanft strich ich mit dem Zeigefinger über das Display. Ich fühlte mich ihm irgendwie nahe. Wie sollte ich denn jetzt noch schlafen? Ich war aufgeregt wie ein Teenager. Am liebsten wäre ich sofort nach St. Peter-Dorf gefahren und hätte mich in seine Arme geworfen. Nur waren wir leider noch lange nicht so weit.

Ich dachte an den zarten Kuss auf der Straße. Er hatte nach mehr geschmeckt, aber ich dusselige Kuh hatte mich ja vom Acker machen müssen, damit er sich nicht wieder entschuldigte und den Kuss abtat. ›Hoffentlich bis morgen‹, hatte er geschrieben. Klar, was denn sonst? Ich überlegte schon, was ich anziehen sollte. War das jetzt ein Date? Oder gingen meine Fantasien mit mir durch?

Ich tippte eine Antwort, löschte sie wieder und begann von vorn. Bis ich schrieb:

Gute Nacht, bis morgen

Dann verkroch ich mich unter die Decke.

❄

Nach einer unruhigen Nacht schob ich die Beine aus dem Bett. Leichte Kopfschmerzen vernebelten mir die Sinne. Ich warf mir eine Tablette ein und huschte unter die Dusche. Ich freute mich auf das Frühstück, denn ich hatte in den vergangenen Tagen nur wenig zu mir genommen. Ich war einfach zu aufgeregt gewesen. Schmetterlinge trieben ihr Unwesen in meinem Bauch. Zugegeben hatte ich immer noch wenig Appetit, doch ich musste mich zwingen, etwas zu essen. Damit mir nicht noch mehr von den Hüften fiel – außer der Badehose, was schon peinlich genug gewesen war. Ich verstand einfach nicht, warum die Bikinihose plötzlich zu groß geworden war. In der kurzen Zeit in St. Peter konnte ich unmöglich so viel Gewicht verloren haben. Da mich der Kontrollgang zur Waage in der Regel frustrierte, mied ich sie wie der Teufel das Weihwasser.

Im Frühstücksraum herrschte reger Betrieb. Fast waren mir zu viele Menschen um mich herum. Dennoch wurde ich allmählich lockerer. Die Gesichter waren freundlich, viele lächelten mir zu und schienen mich in ihre Mitte zu nehmen. Gedankenverloren schlürfte ich meinen Kaffee und starrte aus dem Fenster, das die Sicht zum Meer freigab. Es schneite ununterbrochen, und der Straßenräumdienst war pausenlos im Einsatz. Inzwischen stand es außer Frage, dass es weiße Weihnachten geben würde. Mir war das egal, aber ich freute mich für die Kinder, die mit großen Augen auf den Weihnachtsmann warteten.

Ich musste mir bald überlegen, wo ich Weihnachten verbringen wollte. Allein auf meinem Zimmer jedenfalls nicht. Mit Silvi hätte ich eine Bar aufgesucht, sofern eine geöffnet hätte. Zu zweit wäre das auch alles egal, Hauptsache, wir hätten Spaß.

Mein Herz klopfte schneller bei dem Gedanken an Jakob. Er hatte mir gestern geschrieben, dass wir uns heute sehen würden. Ob ich ihn fragen sollte? Nein, das wäre albern. Ich wusste schließlich, dass er Weihnachten nicht feierte und sich schon gar nicht mitten in den Trubel begab. Verständlich, wenn man bedachte, dass er um seine Freundin trauerte. Jedes Jahr, alle Jahre wieder.

Ich aß eine Brötchenhälfte mit Butter, mehr ging einfach nicht. Dann verließ ich den überfüllten Frühstücksraum und begab mich auf mein Zimmer. Unschlüssig wanderte ich hin und her. Wollte ich schon nach draußen gehen? Oder mich noch mal hinlegen?

Mein Handy nahm mir die Entscheidung ab, indem es eine Kurznachricht ankündigte. Eine Nachricht von … Jakob! So früh schon unterwegs?

Guten Morgen Lizzy, ich hoffe, du hast gut geschlafen?

Ich ließ mein Handy sinken und schaute zum Fenster. Ich musste überlegen. Wie war die Nacht gewesen? Mit Jakob wäre sie sicherlich aufregender gewesen. Ich wischte meine feuchten Hände an der Bettwäsche ab.

Wann wollen wir uns heute sehen? Freue mich auf eine Nachricht von dir. Jakob.

Oh mein Gott, was waren das denn für Töne von ihm? So sanft und freundlich. Ich hatte ihn zwar schon so erlebt, aber freiwillig und am frühen Morgen? Ich freute mich natürlich wahnsinnig darüber. Gleichzeitig verunsicherte mich das.

Fieberhaft überlegte ich mir die passende Antwort. Ich könnte ja schlecht schreiben: ›Sofort, bitte!‹ Das wäre uncool. Ach was, ich wollte ihn eben so schnell wie möglich sehen. Dabei hoffte ich, dass er mir rein zufällig erneut einen Kuss gab. Mein Körper kribbelte vor Aufregung. Ich hielt es kaum mehr aus.

. . .

Ich bin für alles offen, sag du gern, wann es dir passt. LG Lizzy

Nachdem ich die WhatsApp abgeschickt hatte, schlug ich mir mit der flachen Hand gegen die Stirn.

»Ich bin für alles offen! Oh mein Gott, wie soll er das denn verstehen?«, rief ich außer mir. In Sachen Flirten musste ich noch einiges lernen. Zum Beispiel, nicht für alles … Ich war ein hoffnungsloser Fall. Was dachte er nun von mir?

Mein Handy piepte erneut. Hektisch griff ich danach und starrte aufs Display.

Sehr gut, ich freue mich. Gleich? Bei dir im Hotel? Ich hole dich in einer halben Stunde ab.

Ich kreischte auf vor lauter Nervosität. Er wollte mich abholen? Wie toll war das denn? Unsere bisherigen Treffen hatten sich meist zufällig ergeben. Hatten wir heute ein Date? Sollte ich sofort antworten oder besser einige Minuten warten? Ich wollte schließlich nicht den Eindruck erwecken, mit dem Telefon in der Hand dazusitzen. Aber warum denn nicht? Meine Freundin würde sagen: Ran an den Mann! Also los.

Ich freue mich. Bis gleich.

. . .

Warum zitierte ich in dieser Situation ausgerechnet Silvi? Sie hatte ihren eigenen Weg eingeschlagen und mich dabei vergessen. Da brauchte ich keine Ratschläge von ihr.

Ich kramte meine Sachen zusammen und wählte die dicke Daunenjacke mit passender blauer Mütze und dem kuscheligen Schal. So konnte mir die winterliche Kälte nicht so schnell etwas anhaben. Unter dem dezenten Lippenstift trug ich einen Fettstift auf. Schließlich bevorzugte ich softweiche Lippen zum Küssen. Hach, das Leben war schön. Ich hatte ein Date mit Jakob.

❄

Ich wartete unten auf Jakob. Dort, wo ich vor Kurzem Bente abgefangen hatte. Ob ich mir lässig einen Tee bestellen sollte? Aber was, wenn Jakob mit mir sofort woanders hinwollte? Wenn er mich in eine Zauberwinter-Wunderlandschaft entführte? Mein Gott, ich zitterte. Gleichzeitig liefen mir heiße Schauer die Wirbelsäule entlang. Ich visierte die Eingangstür an, die sich mit jedem eintretenden Gast schwungvoll drehte, um ihn mit zartem Weihnachtsduft zu empfangen.

Da war er. Er sah sich suchend um, blieb mit seinem Blick an mir hängen und kam mit großen Schritten auf mich zu. Konnte ein Herz vor Aufregung aufhören zu schlagen? Den Dienst versagen, sobald ein gewisser Mann in Sichtweite war? Ich überlegte fieberhaft, ob ich ihm entgegeneilen sollte. Doch dann stand er schon vor mir und nahm mir die Entscheidung ab. Er lächelte. Seine Augen leuchteten dabei, auf eine wundersame Weise zogen sie mich in ihren Bann.

»Guten Morgen Lizzy.« Seine warme, dunkle Stimme entführte mich ins Universum der Verliebten. Dabei war ich zuvor noch nie dort gewesen. Jedenfalls nicht richtig.

»Moin«, piepste ich verlegen. »Schön, dass du da bist.«

Eine Reihe weißer Zähne kam zum Vorschein, als er lächelte.

»Ich freue mich auch«, entgegnete er freundlich. »Was machen wir heute?«

Auch das noch, ich war überhaupt nicht in der Lage, Vorschläge zu unterbreiten. Ich hatte genug Mühe damit, zu lächeln und mit den Wimpern zu klimpern. Hilflos zuckte ich mit den Schultern. Wenigstens das konnte ich perfekt.

»Na dann komm, ich übernehme die Führung, wenn du einverstanden bist.« Jakob sah mich eindringlich an. »Du kannst aber gern Wünsche äußern.«

Ich kicherte wie ein Backfisch. Ich hasste mich dafür. Warum verhielt ich mich nur derart kindisch? Wenn ich so im Verlag aufschlagen würde, hätte ich in null Komma nix verloren. Blieb zu hoffen, dass es bei Jakob anders war.

Ich legte den Kopf in den Nacken und strahlte ihn an. »Ich mache das dann morgen.«

»Einverstanden.«

Jakob ergriff meine Hand und führte mich nach draußen in das winterliche St. Peter-Ording. Einen Tag vor Heiligabend herrschte Ausnahmezustand. Einheimische mischten sich unter Touristen, um selbst letzte Besorgungen zu machen. Die Supermärkte quollen über mit neuen Waren und nicht minder einkaufswütigen Kunden. Oh mein Gott, war ich froh, mich nicht anschließen zu müssen. Ich würde einige Stunden mit Jakob verbringen – ich hoffte zumindest auf Stunden – und es mir gutgehen lassen.

Jakob legte sanft eine Hand auf meinen unteren Rücken und führte mich durch die Menschenmenge. Die Berührung ließ mich innerlich verbrennen. Ein heißer Strahl schoss durch meinen Unterleib. Unsicher schaute ich zu ihm auf.

Jakob lächelte. »Ich weiß, es ist unglaublich voll hier, aber warte kurz, gleich hauen wir ab.«

Ich legte die Stirn in Falten. Was hatte das zu bedeuten? Unser Weg führte zum Parkhaus. Hoffentlich würde es noch etwas romantischer werden.

»Was hast du vor?« Ich hatte meine Neugier nicht mehr im Griff.

»Warte ab, ich habe mein Auto dort geparkt.«

»Wir fahren aus St. Peter weg?« Ich wusste plötzlich nicht, ob mir das recht war. Die Straßen waren verschneit und stellenweise glatt. Wäre es nicht sicherer, im Ort zu bleiben? Ich erhob trotzdem keinen Einwand. Mit Jakob zusammen zu sein, war für mich das Größte. Auf gar keinen Fall wollte ich etwas anderes machen.

Wir stiegen in sein Auto. Endlich machte er eine Andeutung, wohin die Fahrt gehen sollte. »Kennst du das Eidersperrwerk in Tönning?«

Ich schüttelte den Kopf. Ich hatte einiges darüber gelesen, war aber noch nie dort gewesen. Lediglich durchgefahren war ich, als ich nach St. Peter-Ording gereist war.

»Sturmfluten sind in dieser Gegend schon immer die größte Gefahr gewesen«, erklärte Jakob. »Die Nordsee hat über Jahrhunderte ganze Ernten zunichtegemacht und

Menschenleben ausgelöscht. Erst mit dem Bau des Eidersperrwerks im Wesselburenerkoog wurden die Landwirte und ihre Tiere vor weiteren Katastrophen geschützt.«

»Wie kommt es, dass du so gut informiert bist?« Ich betrachtete neugierig sein Profil.

Er grinste überlegen. »Ich informiere mich immer, wenn ich einen Urlaubsort besuche. Lisa ging das immer auf die Nerven. Sie wollte lieber alles dem Zufall überlassen.«

Die Erwähnung seiner verstorbenen Freundin löste Beklemmungen in mir aus. Da war sie. Präsent und stets zwischen uns.

Jakob schien mein Unbehagen zu bemerken. Er startete den Wagen und konzentrierte sich auf die enge Ausfahrt des Parkhauses. Nachdem er das Auto in den langsam fahrenden Verkehr eingereiht hatte, sah er schuldbewusst zu mir rüber. »Tut mir leid, aber …«

Ich hob die Hände. »Schon gut, ich verstehe es doch. Mach dir keine Sorgen.«

Ein klein wenig war das gelogen, aber ich fand, wir sollten es uns am Anfang nicht derart schwer machen. Waren wir überhaupt am Anfang? Oder würde es bei einer losen Freundschaft bleiben, die unter Umständen nach den Feiertagen vorbei wäre? Ich mochte nicht daran denken. Es tat unglaublich gut, hier im Auto neben ihm zu sitzen, sein Aftershave in der Nase, und in seine freundlichen Augen zu schauen.

»Hoffentlich bleiben wir nicht im Schnee stecken«, wechselte ich das Thema.

»Das wird nicht passieren. Der Wagen verfügt über

Allrad, der kommt überall durch. Außerdem sind die Hauptstraßen gut geräumt.«

Trotz der glatten Verkehrswege fuhr Jakob einen flotten Reifen. Ich fühlte mich aber sicher, denn er hatte sein Auto unter Kontrolle. Ich schielte zu seinen kräftigen Händen, die ruhig das Lenkrad umschlossen. Ich mochte schöne Hände, und Jakobs gehörten für mich eindeutig dazu.

Links von uns zog sich der lange geteerte Deich, der nun von Schnee bedeckt war. Jakob bog ab. Verwundert sah ich ihn an. »Das Sperrwerk ist doch da vorn, warum biegen wir hier ab?«

Jakob grinste. »Zuerst stärken wir uns mit einem tollen Frühstück bei der *Wilhelm-Andresen-Schankwirtschaft*.«

»Ach so«, erwiderte ich dümmlich.

Kurz darauf bog Jakob ein weiteres Mal ab. Wir fuhren eine schmale Straße entlang, die meiner Meinung nach nicht sonderlich gut geräumt worden war. Besorgt starrte ich zur Windschutzscheibe hinaus. »Wir werden jämmerlich erfrieren, wenn wir hier stecken bleiben.«

Jakob lachte auf. »Höre ich da etwa eine Angsthäsin?«

Ich zog einen Schmollmund. »Nee, nur die reine Vernunft.« Ich musste ebenfalls lachen. »Na gut, Abenteuer statt stiller Nacht. Das ist es doch, was wir wollten?«

»So ist es.« Jakob sah mich von der Seite an. Entdeckte ich da so etwas wie Zärtlichkeit in seinem Blick?

27

JAKOB

Ich musste schon gestehen, dass mein Herz um einige Takte schneller geschlagen hatte, als ich Lizzy am Morgen in der Lobby entdeckt hatte. Sie sah einfach bezaubernd aus. Ich freute mich auf den Tag mit ihr und gedachte nicht, sie so schnell wieder im Hotel abzusetzen. Ich schien sie zu verunsichern, was ganz und gar nicht meine Absicht war. Sie schlug die Lider nieder, dabei errötete sie leicht. In anderen Momenten war sie die Aufsässige, gleichzeitig aber Vorsichtigere. Sie wurde nicht müde, mich auf die Glätte hinzuweisen. Ob sie sich bei meinem Fahrstil fürchtete? Lisa hatte stets …

Nein, heute wollte ich nicht an Lisa denken. Elvira hatte mir diesen Rat mit auf den Weg gegeben. Langsam glaubte ich, dass sie recht hatte. Fast hätte ich es im Parkhaus versaut. Ich hatte es genau gespürt. Bei der Erwähnung von Lisa hatten sich Lizzys Schultern versteift. Ich war ein Idiot. Schließlich wollte ich Lizzy nicht vergraulen. In ihr sah ich endlich wieder eine Zukunft für mich, ohne ständig an Lisa zu denken, denn eines war klar: Lisa käme nie mehr zurück. Aber Lizzy war da und schien sich trotz meiner Macken für mich zu interessieren. Unglaublich.

Sie brachte mich zum Lachen, gleichzeitig erweckte sie Gefühle in mir, die ich längst vergessen hatte. Ich würde sie beschützen, wenn wir im Schnee stecken bleiben sollten.

Ich suchte einen Parkplatz vor der Schankwirtschaft am Deich. Es handelte sich um ein kleines Reetdachhäuschen mit einem rauchenden Schornstein. Eine Menge Fahrzeuge mit auswärtigen Kennzeichen parkten hier. *Wilhelm Andresen* war längst kein Geheimtipp mehr: die älteste Schankwirtschaft an der deutschen Nordseeküste. Hier wurde nur mit heimischen Zutaten gebacken und gekocht. Seit sechzehnhundertneunundsechzig war das Haus ein Ort für schöne Anlässe oder auch nur für ein gemütliches Zusammensein. Mein Bruder hatte mir davon erzählt und mir nahegelegt, unbedingt mal vorbeizuschauen. Am besten mit netter Begleitung. Dafür hatte nun das Schicksal gesorgt.

Lizzy sah sich verzückt um.

»Jakob«, hauchte sie, »welch ein bezaubernder Ort.«

Ich freute mich, dass es ihr gefiel. Dabei war ich gespannt auf die antike Inneneinrichtung des Hauses. Die Wege waren ordentlich gefegt, sodass wir ohne Probleme den Eingang erreichten. Ich ließ Lizzy den Vortritt. Im Inneren der Wirtschaft wurden wir überwältigt vom Flair der alten, gut erhaltenen Möbel. Die Gasträume waren in kleine Zimmer unterteilt, jedes davon mit den berühmten Delfter Fliesen bestückt. Sofas mit verschnörkelten Rückenlehnen luden dazu ein, es sich gemütlich zu machen. Lizzy wollte sich gar nicht für eine Sitzgelegenheit entscheiden. Sie fand alle wunderschön. Die Kommoden und Anrichten mit ihren kunstvollen Verzierungen aus Holz waren eine Augenweide für jeden Betrachter.

»Bidde, die Herrschaften, sucht euch einen Platz, nicht allzu lange, sonst sind alle Stühle weg.« Der Wirt empfing uns freundlich in niederdeutschem Dialekt. Schleswig-Holstein eben. Hier hieß bitte ›bidde‹ und zu jeder Tageszeit wurde man mit ›Moin‹ begrüßt.

Ich lächelte ihn an. »Danke, wir haben reserviert auf den Namen Thiesen.«

»Denn man tow, die Küche ist bereits mit den Vorbereitungen fertig. Moin, ich freue mich, dass ihr da seid.«

»Es ist wirklich traumhaft bei euch, hier muss man sich einfach wohlfühlen«, schwärmte Lizzy.

Hauke Andresen deutete eine leichte Verbeugung an. »Das freut mich, ich habe für Sie das Hochzeitszimmer hergerichtet.«

Lizzy machte große Augen.

»Wir hatten nicht vor, hier zu übernachten«, wandte sie vorsichtig ein. Dabei schielte sie zu mir rüber.

Hauke Andresen klärte auf. »Das Hochzeitszimmer ist meistens für Trauungen reserviert. Aus dem ganzen Land kommen Heiratswillige hierher, um den Bund der Ehe einzugehen.«

»Ach so«, stießen wir unisono hervor. Dabei sahen wir uns eindringlich an.

Hauke lachte verschmitzt. »Was nicht ist, kann ja noch werden.«

Schweigend gingen wir dem Wirt nach und traten ein

in das Trauzimmer. Ein beklemmendes Gefühl stieg in mir auf. Verstand Lizzy meine Einladung etwa falsch?

Plötzlich kicherte sie. »Für später? Oder was meinst du?«

Sie zwinkerte mir frech zu.

»Abgemacht. Habt ihr nicht auch Übernachtungsangebote?«, erkundigte ich mich an Hauke gewandt.

»Nur im Sommer. Der Winterbetrieb läuft bloß wenige Tage über Weihnachten und Silvester, dann gehen wir wieder in den Winterschlaf.« Hauke grinste. »Ich bin frisch verheiratet.«

»Oh, wie schön«, meinte Lizzy entzückt. »Habt ihr schon Nachwuchs?« Sofort zuckte sie zusammen, offensichtlich wollte sie nicht aufdringlich wirken.

Ein sanftes Lächeln umspielte Haukes Gesicht. »Der ist sozusagen auf dem Postweg und wird im Januar verschickt.«

Mir gefiel sein Humor. Ich konnte mir gut vorstellen, dass die Gäste ihn liebten.

»Herzlichen Glückwunsch.« Lizzy strahlte ihn offen an. »Alles Gute für die Geburt.« Sie machte eine kurze Pause. »Und viel Glück für das, was danach auf euch zukommt.«

Haukes Gesicht hellte sich auf. »Das haben andere vor euch auch schon gesagt. Es wird ein Abenteuer, das wissen wir.«

Ich konnte mir vorstellen, dass Lizzy dabei unweigerlich an ihre Nichte dachte, mit all den dazugehörigen Problemchen.

Wir setzten uns nebeneinander auf ein antikes Sofa. Die Sitzfläche sank ein, und unsere Körper rutschten dicht aneinander. Verwirrt sahen wir uns an. Unsere Blicke verfingen sich ineinander. Keiner von uns rückte vom anderen ab. Dort, wo wir uns berührten, strömte Hitze durch unsere Körper.

Eine Bedienung stand plötzlich neben uns und räusperte sich. »Wollt ihr Kaffee oder Tee zum Frühstück?«

»Kaffee bitte«, piepste Lizzy und sah mich unsicher an. Ach, wie ich ihre Augen mochte. Ich konnte unendlich viel darin lesen. Freude, Spott, Unsicherheit oder auch … War es Liebe?

Ich musste es einfach tun. Ich nahm ihr Gesicht in beide Hände und küsste sie auf ihre festen Lippen. Ich spürte, dass ihr Körper wie Wachs dahinschmolz. Mein Herz raste, als sie meinen Kuss erwiderte und mich am Pullover näher zu sich zog. Sie roch unglaublich gut nach Vanille und irgendetwas Frischem. Ein Duftgemisch, das mir definitiv den Verstand raubte.

»Nur gut, dass der Chef euch in das Hochzeitszimmer gesetzt hat. Ich denke, ihr seid hier richtig.« Wie vom Donner gerührt schauten wir die fröhliche Kellnerin an. Sie zwinkerte uns zu und verschwand mit den Worten: »Frühstück kommt sofort.«

Lizzy grinste. »Ganz schön frech, die Kleine, was?«

»Aber irgendwie erfrischend.«

Erst als das Frühstück gebracht wurde, rückten wir voneinander ab. Ich hatte das Gefühl, dass plötzlich eine Riesenlücke zwischen uns entstand.

Knusprige Brötchen, frische Krabben mit Rührei und diverse Käse- und Wurstsorten waren vor uns aufgebaut worden.

»Wer soll das denn alles essen?«, staunte Lizzy.

»Och, da müsstest du mal bei meiner Wirtin eingeladen werden. Ein Mastbetrieb ist rein gar nichts dagegen.«

»Eingeladen? Gibt es sonst kein Frühstück in deiner Pension?«

»Doch, aber Elvira ist immer für eine Extraportion zu haben. Ich denke, es ist die Einsamkeit, die sie dazu bringt. Ich mache ihr gern die Freude. Auch wenn sie manchmal anstrengend ist.«

Lizzy wirkte nachdenklich. Hatte ich etwas Falsches gesagt?

28

LIZZY

Himmel, was war das denn? Jakob küsste mich so zärtlich, dass ich alles um mich herum vergaß. Jetzt oder nie, dachte ich mir und erwiderte den Kuss. Dass wir auch noch im Hochzeitszimmer untergebracht waren, verwirrte mich einerseits, andererseits schwebte ich im siebten Himmel, der voller Geigen hing. Wie so oft in Jakobs Nähe verweigerte mein Magen die Nahrungsaufnahme, und ich fragte mich, wie ich diese Köstlichkeiten in mich hineinbekommen sollte. Wo Schmetterlinge ihr Unwesen trieben, war nun mal kein Platz für anderes, außer … Verliebtheit.

Jakob war um einiges sanfter und zugewandter als gewöhnlich. Ob es ihm ebenso erging? Die Erwähnung seiner Pensionswirtin hatte mich allerdings verunsichert. War er mit mir auch nur aus Mitleid zusammen? Ich beschimpfte mich. Sicher würde er diese Elvira nicht so voller Leidenschaft küssen. So weit ging seine Fürsorge dann wohl doch nicht.

»Warum bist du so still? Habe ich dich verschreckt?«

Ich sah Jakob mit großen Augen an. Ihm fiel jede Änderung in meinem Verhalten auf. Er war unheimlich aufmerksam und fast liebevoll, wenn es um mich ging. Ich war mir sicher, dass ihm das Gerede um dieses Hochzeitszimmer nicht weniger auf den Keks ging als mir. Wenn es eine Zukunft für uns gab, dann standen wir so ziemlich am Anfang, und es war nicht gewiss, ob es nicht schon bald ein Ende gäbe.

Nachdem wir fertig gegessen hatten, lehnte ich mich gegen seine Schulter. Dabei stellte ich mir nicht ernsthaft die Frage, ob es angebracht wäre. Schließlich waren dem Kuschelkurs heiße Küsse vorausgegangen. Erleichtert registrierte ich, dass Jakob seinen Arm um mich legte. Als er mich kurz darauf fragte, was ich am morgigen Heiligen Abend machen würde, entfachte er damit ein Feuerwerk der Gefühle in mir. Doch ich hütete mich, es ihm zu zeigen.

»Keine Ahnung, ich habe mir noch keine Gedanken gemacht.«

Das war natürlich eine Lüge, denn ich hatte tatsächlich Überlegungen angestellt. Aber die meisten Restaurants hatten geschlossen, und ich hatte wenig Lust, mich der Feier im Hotel mit der großen Anzahl an Gästen anzuschließen.

Ohne mich von ihm wegzubewegen, sah ich zu ihm auf. »Hast du Pläne?«

Jakob schmunzelte verlegen. »Ich bin hierhergekommen, weil ich keine Pläne für die Feiertage wollte.«

»Okay, dann nehme ich die Frage zurück.« Verdammt, ich war zu forsch.

»Aber ich hätte trotzdem eine Idee.«

Mein Kopf flog herum. »So?«

Jakob erzählte mir von seiner Pensionswirtin, die vor Einsamkeit nur so triefte. Ihre Kinder besuchten sie nicht, und sie wäre ganz allein an diesem Abend.

»Was hältst du davon, wenn wir ihr Gesellschaft leisten? Wir täten etwas Gutes, und eine warme Mahlzeit gibt es obendrauf.«

Ich staunte nicht schlecht. Jakob wollte mit mir Weihnachten verbringen? Noch dazu bei einer Frau, die wir beide kaum kannten?

»Ich würde mich freuen«, fügte er leise hinzu. Sein Blick brachte mein Herz zum Schmelzen. Wie könnte ich da noch Nein sagen?

»Blöd ist nur, dass wir ein Geschenk für sie haben müssten, oder? Ich meine nicht wegen des Geldes, sondern weil wir doch aus Prinzip keine wollten.«

Jakob winkte ab. »Sie freut sich sicher über einen Strauß Blumen, da gibt es keinen Stress.«

Ich musste lachen über unsere Pläne, die nie welche hatten sein sollen. Ich nickte.

»Du willst es wirklich?« Ich konnte mir beim besten Willen nicht vorstellen, dass Jakob diesen Sinneswandel ernst meinte.

»Aber nur wenn du mit mir kommst.« Er zwinkerte mir auf eine Art zu, die mich innerlich vor Entzücken erschaudern ließ. Ich hegte die leise Hoffnung, dass mein Herz diesmal nicht enttäuscht werden würde.

»Deine Wirtin wäre einverstanden?« Ich war skeptisch.

»Sie wäre hocherfreut.«

Ich musste überlegen. Doch dann sagte ich aus dem

Bauch heraus zu. »Also gut, probieren wir es. Mehr als schiefgehen kann es nicht.«

Jakob nickte und lächelte. »Ich freu mich und Elvira sicher auch.«

Der Weihnachtstag war also geplant. Ungewohnt, aber ich freute mich auf das, was danach folgen könnte.

»Wenn wir dann noch Lust haben, könnten wir an den Strand gehen und die Sterne anschauen, sofern welche zu sehen sind«, schlug Jakob vor. Es wurde immer romantischer. Ein verkorkstes Liebespaar unter dem Himmel von St. Peter-Ording.

»Hört sich nach einem Plan an«, stimmte ich zu.

Nach dem ausgiebigen Frühstück brachen wir gut gesättigt auf zum Eidersperrwerk. Ich war gespannt, was mich dort erwartete. Jakob lenkte den Wagen auf den Parkplatz des Sperrwerkes. Ein eisiger Wind blies uns um die Nasen. Ich konnte kaum gegen den Schneesturm laufen. Dabei war mir bitterkalt. Doch Jakob reichte mir seine Hand, die ich dankbar ergriff.

Gigantische Wassermassen rauschten durch dieses mächtige Bauwerk. An einem solchen Tag waren kaum Touristen unterwegs. Auch wir hielten uns nicht lange oberhalb des Sperrwerks auf, sondern bestiegen fluchtartig Jakobs Wagen. Jakob legte den Finger auf den Startknopf. Dabei schaute er mich herausfordernd an.

»Geht noch das Wahrzeichen Eiderstedts?«

Ich machte große Augen. »Du meinst den Westerhever Leuchtturm?« Jakob nickte. »Sehr gern.«

Ich strahlte ihn an. Unser Ausflug würde noch nicht enden.

»Na dann los.« Jakob startete den Wagen. Ich sah

besorgt zum Himmel. Es zogen immer mehr schwarze Wolken auf, aus denen Unheil in Form von viel Schnee drohte.

»Aber das Wetter, wird es uns nicht einen Strich durch die Rechnung machen?«

Jakob grinste überlegen. »Habe ich erwähnt, dass dieses Fahrzeug über Allrad verfügt?«

Ich seufzte. »Ja, du sagtest so etwas in der Art.«

Wir lachten übermütig, und die Fahrt ging los in Richtung Westerhever Leuchtturm. Jakob fuhr über die Koogstraße, und anschließend nahm er die Süderheverkoog-Chaussee. Die Straßen nach Westerhever waren kaum geräumt. Teilweise hatten sich dicke Schneewehen auf der schmalen Zuwegung aufgebaut. Mir war zunehmend mulmig zumute. Doch es lief gut. Der Geländewagen fraß sich überall durch. In der Einöde Eiderstedts gab es auch einige Höfe.

»Ich weiß nicht, mir wäre das hier dann doch zu einsam«, gestand Jakob, während er sich vorbeugte, um die Gegend besser zu sehen.

»Ich wusste nicht, dass wir hier einziehen wollten«, spottete ich.

»Wenn das Wetter sich nicht beruhigt, könnte es noch passieren«, murmelte Jakob kaum hörbar.

Doch ich vernahm es trotzdem und verspürte leichte Panik.

»Besser, wir kehren um«, entgegnete ich besorgt. »Ein heißer Tee in St. Peter würde mir als Abenteuer genügen.«

Jakob lachte auf. »Du meinst, mit mir ist auch das Herausforderung genug?«

Ich kicherte albern. »So ungefähr.«

Jakob beschloss, an der nächsten Biegung eine Wendemöglichkeit zu suchen. Wir entdeckten in der Ferne einen Stall, der von vielen Kerzen beleuchtet war. Ein großer künstlicher Stern war über dem Tor angebracht. Offenbar hatte ein Landwirt den Stall von Bethlehem nachgebaut. Doch bei diesem Wetter zog es niemanden nach Westerhever.

»Hach, wie gemein, die haben sich so viel Mühe gemacht. Aber es ist niemand da, der ihnen einen Besuch abstattet.«

»Wollen wir?« Jakob blinzelte mir aufmunternd zu.

Ich nickte. »Wenn wir schon mal da sind. Gern.«

Jakob fuhr die wenigen Meter und bog auf den Hof ein. Als wir ausstiegen, empfingen uns leises Glockengeläut und verschiedene Tierstimmen. Die Scheune, in warmes Licht gehüllt, sah fast aus wie der Stall von Maria und Joseph. Wir wurden von zwei freundlichen Hunden begrüßt, die uns freudig geleiteten zur … Ja tatsächlich, dort stand eine Krippe. Ich sah Jakob verwundert an. Ich bemerkte das Zucken seiner Mundwinkel. Auch an meinen Lippen zupfte ein Grinsen. Unsicher schob ich meine Hand in Jakobs, der sie sofort ergriff. Wie eine Flamme erwärmte er mich bis in die Haarspitzen. Zwei absolute Weihnachtsgegner schritten nun ehrfürchtig auf eine Krippe zu. Was war nur mit uns geschehen? Ich fühlte mich verzaubert und hoffte, dass dieser Zustand nie verging.

Jakobs Schritte verlangsamten sich. »Ist es wirklich das, was wir hier gerade tun?«

Ich musste lachen. »Sieht so aus, möchtest du umkehren?«

»Ich glaube nicht«, brummte er in seinen Schal.

»Moin moin, schön, euch zu sehen. Kommt doch bitte näher.« Eine junge Frau, ich vermutete, es war die Bäuerin, lief auf uns zu. »Ich hätte nicht mehr damit gerechnet, dass sich jemand zu uns raustraut.« Sie zeigte uns mit der rechten Hand den Weg. Obwohl wir ihn auch so erkannt hätten. Aber so wirkte es einladender.

Ziegen lagen entspannt zu den Füßen der Kinder, die sichtlich erfreut waren über unseren Besuch. Weiter hinten dösten zwei Kühe, die uns kaum Beachtung schenkten. Lediglich die Hunde schlichen erwartungsvoll um uns herum. Ein Junge legte Grillwürste auf den heißen Grill. Dazu sollte es Stockbrote geben. Obwohl wir nach dem reichhaltigen Frühstück kaum Hunger verspürten, mochten wir es nicht ablehnen.

»Zwölf Euro bekomme ich«, meinte der Junge geschäftstüchtig.

»Onno, lass mal, die beiden lade ich ein.«

Ich wollte das nicht annehmen, die Landwirte hatten es ohnehin nicht leicht, zu überleben. Da lag es mir fern, mich durchzufuttern. Jakob war der gleichen Meinung und steckte Onno einen Zwanziger zu. Onno strahlte über das ganze Gesicht. Er beugte sich leicht vor und flüsterte mir ins Ohr: »Da kaufe ich Mama morgen ein Weihnachtsgeschenk.«

Ich wuschelte ihm durch die roten Haare. »Gute Idee, was immer es ist, sie wird sich riesig freuen.«

Neben der Krippe loderte ein Bollerofen und verströmte angenehme Wärme. Wir ließen uns auf einen Strohballen nieder und aßen die Grillwürste mit großem Appetit. Nie hatte ich mich in weihnachtlicher Atmosphäre so wohl gefühlt. Zumindest war es verdammt lange her. Die Bäuerin saß uns gegenüber und stellte Fragen, wie unser Fest morgen aussehen sollte.

Mit vollem Mund antwortete ich herzlich: »Wir sind bei einer Freundin eingeladen.«

Ich warf Jakob einen fragenden Blick zu.

»Stimmt, etwas ganz Spontanes, aber ich freue mich drauf.« Er sah auf mich herunter. Plötzlich lachten wir los.

Auf das verdutzte Gesicht der Bäuerin hin erklärte ich es kurz: »Wir sind beide unabhängig voneinander nach St. Peter gekommen, weil Weihnachten nicht unser Ding ist.«

Sie legte den Kopf schief. »Vielleicht eher ›war‹?«

Ich seufzte theatralisch. »Könnte man meinen.«

»Wie schön ist das denn?« Die junge Frau war gerührt. »Und das i-Tüpfelchen ist dann meine Scheune?« Sie legte die rechte Hand auf ihre Herzgegend.

Jakob sah mich an. Ich sah ihn an. Dabei funkte es ununterbrochen zwischen uns.

»Wir sind beide neugierig, was da noch kommt«, erwiderte ich leise.

»Ich bin übrigens Frauke. Ich würde mich schrecklich freuen, wenn ihr mir im nächsten Jahr berichtet, wie es euch ergangen ist. Ich bin unbelehrbar romantisch, da kommt eine solche Lovestory gerade richtig.« Frauke legte die Stirn in Falten. Sie schaute abwechselnd mich und Jakob an. »Einer von euch hat noch Zweifel, kann das sein?« Sie winkte heftig ab. »Entschuldigt, das war indiskret. Ich nehme die Frage zurück.«

Tatsächlich fand ich diese Frage übergriffig. Doch es interessierte mich schon, woher Frauke das wusste. Ob sie Hellseherin war oder nur über besonders gute Menschenkenntnis verfügte? Obwohl ich nicht an solche Kräfte glaubte, hätte ich zu gern gewusst, wie sie darauf kam.

»Weißt du das aus deiner Glaskugel?«, wollte ich daher von ihr wissen.

Onno schob sich dicht an seine Mutter heran und schlang die dünnen Arme um ihre Hüften. »Mama weiß alles und sieht vieles, was andere nicht erkennen. Sie ist unsere Hexe von Westerhever.«

Er grinste seine Mutter an. Dabei war ihm deutlich anzusehen, wie stolz er auf seine persönliche Hexe war.

Frauke lachte peinlich berührt. »Ach Onno, du übertreibst. Glaubt ihm nicht alles, sonst ende ich noch als Hexe auf dem Scheiterhaufen.«

»Die Zeiten sind zum Glück schon lange vorbei«, erinnerte Jakob mit einem verlegenen Grinsen. Fraukes Gesicht hellte sich auf. Sie hatte gefunden, wonach sie suchte. Jakob war der Zweifler. Na ja, das war auch nicht schwer herauszufinden. Ich glühte förmlich für Jakob, himmelte ihn an, und meine leuchtenden Augen, wenn er etwas zu mir sagte, zeugten vom Verlangen nach mehr.

Frauke sah durch das Tor zum dunklen Himmel hinauf. »Ich glaube, ihr müsst euch auf den Weg machen, von oben kommt bald etwas runter. Die Räumdienste werden das kaum schaffen.« Erschrocken legte sie sich die Fingerspitzen auf die Lippen. »Ähm, ich weiß es natürlich nicht, aber wenn … dann wäre es besser, ihr seid wieder in SPO.«

Ich musste lachen, auch Jakobs Mundwinkel hoben sich. Ich trat näher an Frauke heran und reichte ihr die Hand zum Abschied. »Vielen Dank für alles, Frauke, wir kommen bestimmt wieder. Es war unglaublich schön bei euch.«

Onno verzog sich, ohne Tschüss zu sagen. Versonnen sah ich dem Jungen nach. Er wirkte nicht unfreundlich, er war einfach gegangen.

»Bitte nicht böse sein, er ist Autist. Daher reagiert er für manche ungewöhnlich. Lass dir versichern, euch mag er. Sehr sogar.«

»Wir mögen ihn auch«, meinte Jakob, während er Onno nachschaute.

29

JAKOB

Welch beeindruckende Familie. Dabei hatten wir nur Frauke und Onno kennengelernt. Lizzy hatte sich wohlgefühlt, ich konnte ihr ansehen, wie verzückt sie von der Krippenlandschaft war. Ich musste gestehen, an mir waren die Eindrücke auch nicht einfach so vorbeigegangen. Die liebevolle Darstellung der Christkind-Geschichte hatte mich berührt. Auch wenn ich es nie zugegeben hätte, brachte mich das Erlebte auf dem Bauernhof dazu, meine Einstellung zu Weihnachten zu überdenken. Wir waren eben doch Kinder Gottes. Oh du meine Güte, was für Gedanken gingen mir durchs Hirn.

»Du bist so schweigsam«, beförderte mich Lizzys Stimme ins Hier und Jetzt.

»Entschuldigung, ich bin wieder ganz bei dir.« Ich stoppte den Wagen und zog sie zu mir, um sie zu küssen. »Das haben wir lange nicht mehr getan.«

»Stimmt, aber wir holen das jetzt nach.« Lizzy kuschelte sich dicht an mich, als ob sie mich nie wieder loslassen wollte.

Ich erinnerte sie daran, dass wir mitten auf der Straße standen. Sie kicherte. »Dann ändern wir das doch mal. Schau, da drüben ist eine Koppeleinfahrt.«

»Du meinst, wir sollten riskieren, dort stecken zu bleiben?«

»Sagtest du nicht …«

»Allrad, ja. Aber ich fürchte, dann übernachten wir hier in der Pampa.«

Lizzy verzog das Gesicht. Offenbar war dies nicht die Option, die sie bevorzugte. Wir lachten ausgelassen. Dann fuhr ich weiter die schmale Straße entlang. Nach wenigen Metern gab es einen starken Ruck, der Motor ging aus, und alles war still.

Bis Lizzy anfing zu kreischen. »Wir werden erfrieren!«

Die Dämmerung zog bereits über Eiderstedt herauf. Dadurch verringerte sich die Sicht. Mehr als zu erfrieren befürchtete ich, dass ein anderes Fahrzeug uns nicht rechtzeitig sah und einen Unfall verursachte. Zunächst musste ich jedoch Lizzy beruhigen.

»Wir werden gleich wieder frei sein, mach dir keine Gedanken. Ich hatte schon öfter solche Situationen zu meistern. Glaub mir.«

»Reinhold Messner aus dem Norden, was?«

Ich musste schmunzeln. »So ungefähr.«

Sie atmete tief durch, dann war sie, wenn ich es richtig einschätzte, wieder in der Spur. Ich versuchte, den Wagen zu starten, damit es zumindest warm blieb. Nach dem zweiten Versuch lief der Motor wie ein Schweizer Uhrwerk. Nun konnte ich nach draußen gehen und die Lage checken.

Ich hatte das Auto auf eine Schneewehe gesetzt. *Bravo,*

Jakob. Zum Glück hatte ich im Kofferraum einen Spaten deponiert. Ich kämpfte mich durch die weiße Pracht und holte ihn heraus. Warum ich damals ein derart kurzes Exemplar gewählt hatte, war mir in diesem Augenblick schleierhaft. Denn bei meiner Körpergröße von einem Meter neunzig versprach das kein vergnügliches Unterfangen zu werden.

Plötzlich spürte ich Lizzy neben mir. »Kann ich helfen?«

Sie sah unglaublich süß aus. Die Mütze war tief in die Stirn gezogen, ihre großen blauen Augen leuchteten in der Dämmerung mit den Sternen um die Wette, und ihr voller Mund lächelte sanft. Auf der Stelle hätte ich …

Schlechter Zeitpunkt, nicht dass Lizzy recht behielt und wir erfroren. Ich schluckte. »Ich muss die Kiste freischaufeln. Zumindest muss ich es versuchen.«

»Okay, dann los. Ich bin dabei.« Sie strahlte mich an, rieb die Handflächen aneinander und bewegte sich zur Motorhaube. Dort befand sich der Schneehaufen unter den Rädern. Sofort begann sie mit bloßen Händen zu graben.

Sanft zog ich sie zurück. »Liebes, lass mich das machen.«

Sie drehte sich zu mir und schaute mich verwirrt an. Hatte ich sie eben wirklich ›Liebes‹ genannt? Offensichtlich fragte sie sich dasselbe, doch sie überging das Gesagte.

»Aber ich helfe dir natürlich. Wir bekommen den Wagen wieder frei, ich weiß es.« Sofort machte sie sich daran, den Schnee beiseitezuschieben.

Nur den Niederschlag von oben konnten wir nicht eindämmen. In wenigen Sekunden glichen wir Schneemännern, und unsere Hände waren rot vor Kälte. Eine halbe Stunde später warfen wir uns in die Sitze.

»Fehlt noch, dass der Tank leer ist.« Lizzy lachte.

»Nee, mir fehlt das nicht unbedingt. So, festhalten, ich wühl die Kiste raus. Dann gebe ich Gas, komme da, was wolle. Halte dich fest und schließe die Augen.«

»Ich werde doch nicht mit geschlossenen Lidern durch dieses Abenteuer gehen. Ich bin dabei.« Sie gab mir einen Knuff.

»Dann mal los.«

Eines war gewiss, wenn St. Peter-Ording erreicht wäre, würde es eine kleine Feier des Tages geben. Mit einem mulmigen Gefühl trat ich das Gaspedal durch. Der Wagen schnaubte und ächzte, aber er rollte. Lizzy klatschte begeistert in die Hände.

»Auf geht's in die warme Stube«, knurrte ich. Dann lachten wir übermütig. Meinen Blick auf die Straße gerichtet, hütete ich mich davor, vom Gas zu gehen. Der Wagen mahlte durch die weiße Masse.

»Du bist für immer mein Held«, jubelte Lizzy.

Für immer. Welch schwerwiegende Worte. Doch in diesem Moment wollte ich auch daran glauben.

Lisa, verzeih mir. Aber ich bin seit Langem wieder glücklich.

Ich wischte eine Träne fort, die aus meinem Auge tropfen wollte. Für Emotionen war keine Zeit. Ich wollte Lizzy heil zurückbringen.

30

LIZZY

Ich war schon ziemlich beeindruckt, mit welcher Ruhe und Sicherheit Jakob die Situation in Westerhever gemeistert hatte. Fast hätte ich die Nerven verloren, als es urplötzlich geruckt und uns danach nur noch Stille umgeben hatte. Kein Motorgeräusch, selbst die Scheibenwischer hatten nicht mehr gequietscht. Nur der stärker werdende Sturm war ums Auto gepfiffen. Jakob hatte mich mit sanfter Stimme beruhigt. Ich hätte ihn an Ort und Stelle verschlungen, wenn nicht … Nach diesem Tag konnte ich mir nicht mehr einreden, dass ich mich nicht verlieben durfte. Ich war ihm mit Haut und Haaren verfallen.

Jakob fuhr mit Vollgas durch den Schnee, damit wir nicht noch einmal in den weißen Massen versanken. Es ruckelte mit jedem Meter stärker, doch Jakob hielt die Spur und brachte den Wagen unbeschadet auf die Hauptstraße zurück. Auch dort war seit Stunden nicht geräumt worden, aber es war nicht so heftig wie auf den Nebenstrecken.

Obwohl es noch früher Nachmittag war, hielt die Dunkelheit bereits Einzug.

»Geht es dir gut?« Jakob riskierte einen Seitenblick.

»Es ging mir nie besser. Danke für diesen Ausflug mit einer Menge Aufregung.«

Jakob grinste. »Ich danke dir, dass du mir nicht den Kopf abreißt.«

Erstaunt sah ich ihn an. »Warum sollte ich?«

»Weil ich dir einen Schrecken eingejagt habe mit dieser Höllentour.« Er hatte eindeutig ein schlechtes Gewissen. Dabei hatte er doch nicht wissen können, was uns bevorstand.

»Ach nein, ich fand es spannend, bis auf den Moment, als es höllisch rumste.« Natürlich hätte ich gern gewusst, wie es mit uns weitergehen sollte, aber das verschwieg ich lieber. Ich fürchtete mich vor der Antwort.

In St. Peter stellte Jakob mit einem Aufatmen den Wagen vor der Pension ab. Wie es aussah, dachte er, dass ich zu Fuß zum Hotel laufen würde. Anders konnte ich mir das hier jetzt nicht erklären.

Er wandte sich zu mir, sah mir tief in die Augen und meinte sanft: »Es war ein wunderschöner Ausflug mit dir, ich hoffe auf eine Wiederholung.«

Er strich mit dem Finger eine Haarsträhne hinter mein Ohr. Es steckte so viel Zärtlichkeit in dieser Geste, dass ich fast gestöhnt hätte. Meine Güte, war ich verschossen in diesen Mann.

»Auf eine Wiederholung freue ich mich auch.« Mein Mund war trocken, und ein Schwarm Schmetterlinge trieb sein Unwesen in meinem Bauch.

»Jetzt würde ich dir gern Elvira vorstellen. Schließlich

weiß sie noch nichts von unseren Plänen, den Heiligen Abend bei ihr zu verbringen.«

Besorgt sah ich ihn an. »Meinst du nicht, dass wir sie damit überfallen?«

Jakob lachte leise. »Du kannst versichert sein, sie weiß längst, dass wir da sind, und setzt bereits eine Kanne Kaffee auf.«

Bevor wir das Auto verließen, tauschten wir heiße Küsse aus. Mit dem Resultat, dass ich mit wackeligen Beinen ausstieg.

Jakob hatte recht. Elvira empfing ihre Gäste freudestrahlend. Auf mich hatte sie ein besonderes Augenmerk gerichtet. Ich schlussfolgerte daraus, dass sie prüfen wollte, ob ich für ihren Schützling auch die Richtige wäre.

»Ich habe einen Kaffee gekocht, mögt ihr?« Sie zwinkerte Jakob zu und watschelte voraus in die Küche. Es duftete nach frisch gebackenen Keksen, wie bei meiner Schwester Bente um diese Zeit. Mir lief das Wasser im Mund zusammen, obwohl ich heute schon reichlich zu mir genommen hatte. Plötzlich freute ich mich über die Gelegenheit, die Kekse zu kosten.

»Es riecht aber köstlich bei Ihnen in der Küche«, lobte ich die Bäckerin.

»Ich habe die Kekse für morgen gebacken, aber ihr dürft gern welche probieren.« Verschmitzt reichte sie mir die Dose rüber. »Ich würde mich freuen, wenn du Elvira zu mir sagst, mein Kind.«

Ich griff in die mir dargebotene Dose und biss sogleich in einen Keks. Dann lächelte ich dankbar. »Sehr gern, Elvira. Ich freue mich, dich kennenzulernen.«

»Ich gebe das gern an dich zurück.« Sie war wirklich

eine liebenswürdige Person. Ganz so, wie Jakob sie mir beschrieben hatte. Wir plauderten eine Weile über das Wetter. Dabei verschwiegen wir auch die Autofahrt nach Westerhever nicht.

Elvira schlug die Hände über dem Kopf zusammen. »Ja seid ihr denn verrückt geworden? Ihr hättet erfrieren können!«

Ich grinste Jakob amüsiert zu. »Meine Befürchtung ging auch in diese Richtung, aber Jakob hat die Karre wieder flott …« Ich brach ab. Jakob gefiel offenbar die Bezeichnung ›Karre‹ nicht. Doch er schmunzelte. »Flott gemacht«, vervollständigte ich den Satz unbekümmert.

Erstaunlich, wie vertraut wir zusammensaßen und plauderten. Als ob es nie anders gewesen wäre. Doch es gab da noch Lisa. Würde Jakob mit diesem Kummer im Herzen ein glückliches Leben führen können? Momentan sah es fast danach aus, aber wie würde es werden, wenn der Alltag zurück war? Würde ich stets gegen Mauern rennen und um seine Liebe kämpfen müssen? Hätte ich die Kraft dafür übrig? Würde ich an meine Grenzen stoßen? Könnte Jakob seine Freundin in Erinnerung behalten, ohne vor Schmerz zu zerbrechen? Lauter Fragen, die für mich unbeantwortet blieben. Lediglich eines war mir klar: Ich war bis über beide Ohren in Jakob verliebt und wünschte mir nichts sehnlicher als eine sorgenfreie Zukunft für uns beide.

»Jakob, mein Junge, würdest du mir einige Scheite Holz aus dem Schuppen holen?«, fragte Elvira.

Er sprang sogleich auf. »Klar, das mache ich gern. Bin gleich wieder da.«

Die Tür zum Flur fiel zu, und ich war mit Elvira allein.

Sanft legte sie mir die Hand auf den Arm. Dabei klirrten ihre Armreifen.

»Mein Kind, glaube mir, er wird mit dir glücklich, ich weiß es. Du musst nur Geduld haben.«

Verwundert starrte ich die alte Frau an. Die mir derart liebevoll entgegenblickte, dass mir die Tränen kamen. Ich war lediglich zu einem Nicken imstande, da war Jakob auch schon wieder bei uns. Die Haare voller Schnee schüttelte er sich. Elvira lachte und brachte schnell die Kekse in Sicherheit, damit sie nicht unter dem Schneeeinbruch in der Küche zu leiden hatten. Wenig später, wir waren kurz davor, uns zu verabschieden, rückte Jakob mit der Überraschung raus.

»Elvira, wie wäre es, wenn wir morgen zusammen essen?«

Elvira musste nicht lange überlegen. »Du meinst am Heiligen Abend?« Ich atmete schneller. »Ist das euer Ernst? Oh, ich würde mich riesig freuen.«

Ich rutschte auf meinem Stuhl hin und her. »Du musst nur sagen, wobei du Hilfe benötigst. Ich helfe dir natürlich bei den Vorbereitungen.«

»So weit kommt es noch. Ich lasse mir die Freude daran nicht nehmen. Passt es um achtzehn Uhr? Dann hätte ich alles fertig.« Sie hob mahnend den Zeigefinger. »Aber bitte keine Geschenke kaufen, das muss nicht sein. Ich habe für euch auch nichts.« Sie rieb ihre Handflächen aneinander. »Hach, wie ich mich freue.«

Meine Sorge, wie ich zum Hotel gelangen würde, erwies sich als unbegründet. Jakob wollte mich fahren.

»Zeig Lizzy doch noch dein Zimmer, vielleicht muss

sie morgen hier übernachten.« Elvira kicherte und wandte sich zur Spüle ab.

Jakob verdrehte die Augen, dabei grinste er jedoch in Elviras Richtung. Er ergriff meine Hand, zog mich vom Stuhl und meinte: »Komm.«

Wir verließen die Küche. Ich musste mir das Lachen verkneifen. Im dunklen Flur nahm Jakob mich in den Arm und küsste mich leidenschaftlich. Meine Knie versagten, doch er hielt mich fest, hob mich hoch und trug mich die Treppe hinauf. Ich fühlte mich wie Cinderella auf Wolken. Als er mich am Treppenabsatz auf meine Füße stellte, hatte ich Mühe, das Gleichgewicht zu finden. Aber auch dabei war Jakob mir behilflich. Er packte mich an den Oberarmen, dann wartete er darauf, dass ich in der Lage war, auf eigenen Beinen zu stehen. Nicht ohne mir erneut den Halt zu nehmen, indem er mir zärtlich eine Haarsträhne aus der Stirn strich. Dieser Mann war unglaublich liebevoll. Meine Hoffnung, dass aus uns auch nach den Feiertagen etwas werden könnte, wuchs.

Ich war erstaunt, wie aufgeräumt sein Zimmer war, obwohl wir doch am Morgen zeitig losgefahren waren. Mein Hotelzimmer war sicher vom Service in Ordnung gebracht worden. Ob Elvira das Gleiche für Jakob tat?

Es war immer wieder erstaunlich, aber er erriet auch diesmal meine Gedanken. »Ich bin nicht besonders ordentlich, aber hier in dem kleinen Raum muss es einfach sein.«

Ich nickte. »Ich leider auch nicht, meistens fehlt es mir an der Zeit. Mein Tag ist ziemlich ausgefüllt mit Terminen und Besprechungen, da brauche ich vorher meine Ruhe.«

Jetzt wirkte er verwundert. »Aber hast du denn keine Haushaltshilfe?«

Ich blickte ihn verschämt an. »Ich mag es nicht, wenn jemand meine Sachen umorganisiert und ich danach nichts wiederfinde.«

Jakob schüttelte leicht den Kopf. »Wir sind schon Sonderlinge, was?«

»Wohl wahr«, entgegnete ich und küsste ihn zum ersten Mal aus Eigeninitiative. Dabei fühlte ich mich etwas unsicher, aber Jakob nahm mir die Scheu und erwiderte den Kuss. Ich war im siebten Himmel.

»Ich bringe dich besser nach Hause«, murmelte er schwer atmend, »sonst passiert hier etwas, was wir später vielleicht bereuen.«

Peng, da waren die Zweifel zurück, und ich hatte Mühe, die Tränen zurückzuhalten. Ich nickte, ohne ihn anzusehen. Dann schnappte ich mir meine Tasche und wandte mich zur Tür. Der Mann meiner Träume folgte mir still. Im Auto schwiegen wir weiter. Es war ein unangenehmes Schweigen. Das es mit vertrauten Personen nicht geben sollte.

Jakob fluchte leise, dann trat er auf die Bremse und schaute mich an. »Ich habe es vergeigt, nicht wahr?«

Ich rutschte auf dem Sitz hin und her. »Keine Ahnung, hast du den Eindruck?«

»Sag du es mir.«

Sein trauriger Blick verstörte mich zusätzlich. War ich nun schuld an dieser betrübten Stimmung? Hatte er keine Angst, etwas Falsches zu tun, wenn wir uns näherkämen? Wenn wir Sex hätten, um es genauer zu sagen? Ich wünschte mir, mit ihm zu verschmelzen, voller Leidenschaft und Erotik. Manchmal war es mir sogar egal, ob es eine Zukunft für uns gäbe. Ich war heiß auf ihn. Nur war das größte Problem, dass da diese Liebe in mir loderte. Ja, ich wollte Jakob ganz. Für immer.

Ich nahm all meinen Mut zusammen. »Ich will dich, Jakob. Nicht nur über die Feiertage. Aber wie soll das funktionieren? Ich müsste dich mit deiner verstorbenen Freundin teilen. Sie ist ständig präsent. Natürlich verstehe ich das, aber ich weiß nicht, ob ich das kann. Ich will dich so, wie du bist. Auch mit deiner Trauer. Nur leider zeigst du mir nicht deutlich, was du von mir willst.«

Verärgert wischte ich die Tränen fort, die sich aus meinen Augen drängten. Ich hielt den Blickkontakt mit ihm aufrecht, dadurch rollten noch mehr Tränen.

Jakob rieb mit der Hand über sein Gesicht. Er wirkte sehr betroffen. Mit dem Daumen wischte er meine Tränen weg. Eine so zärtliche Geste, dass mein Herz zu zerspringen drohte. Ich hielt die Luft an. Plötzlich streifte sein Atem meine Wangen.

»Ich will dich nicht verletzen, bitte verzeih mir. Ich werde dich nicht enttäuschen, aber bitte gib mir Zeit.«

Ich schluchzte auf. Dabei nickte ich heftig. Mit verzerrter Miene legte Jakob den ersten Gang ein und fuhr weiter. Ich war froh darüber, denn ich fürchtete, meine Emotionen nicht mehr in den Griff zu bekommen. Ich schaute aus dem Seitenfenster, um mich wieder zu fangen. Draußen schneite es unaufhörlich. Die Dunkelheit hatte ihre Hand über das Land gelegt und hüllte alles in das trügerische Gefühl von Sicherheit. Die Straßen waren zwar einigermaßen freigeräumt, aber die Schleusen des Himmels standen weiterhin offen.

Vor dem Hotel stoppte Jakob den Wagen. »Soll ich dich noch hinaufbringen?«

»Nein, danke, ich komme klar, muss ich sonst ja auch.«

»Morgen bleibt doch unser Termin bei Elvira, oder?«

»Ich bin mir nicht mehr sicher. Ich habe ehrlich gesagt Angst vor dem, was kommen könnte.«

Jakob nickte traurig. »Verstehe. Meldest du dich, wenn du es dir anders überlegt hast?«

»Ich denke schon, schlaf gut.«

»Süße Träume und hoffentlich bis morgen.« Er zögerte kurz, gab mir dann aber einen zarten Kuss.

Rasch sprang ich aus dem Wagen. Direkt in eine Schneewehe hinein. Ich stapfte mich frei, verlor das Gleichgewicht und fiel unmittelbar in Jakobs Arme. Er war ebenfalls ausgestiegen und um das Auto herumgeeilt. Nun hielt er mich fest, dabei schaute er mir in die Augen und schmunzelte. »Wie oft ich dich wohl noch auffangen werde?«

Ich sank in die Knie. »Oder mich halten wirst?«

Eine Polizeistreife fuhr langsam auf die Straße Im Bad. Ich gab Jakob einen Stups. »Mach, dass du loskommst. Sonst handelst du dir noch einen Strafzettel ein. Dies hier ist eine Fußgängerzone.«

»Bis morgen, Lizzy«, hauchte er. Dann vergewisserte er sich, dass ich den nötigen Halt hatte, und lief zurück zur Fahrerseite. Über das Dach hinweg blinzelte er mir ein letztes Mal zu. Dann fuhr er rückwärts aus der Sackgasse hinaus. Ich blieb nicht, um ihm nachzuschauen. Ich hatte es eilig, wegzukommen.

31

JAKOB

Wütend schlug ich mit der Hand aufs Lenkrad. Ich Idiot! Warum war ich nur so ein Trottel? Lizzy war eine wundervolle Frau, sie verdiente es nicht, von mir derart behandelt zu werden. Ich hatte es tief in meinem Innersten gespürt. Sie war verletzt. Nicht nur die Tränen hatten mir gezeigt, dass ich mich ihr gegenüber unmöglich benommen hatte. Ich enttäuschte alle lieben Menschen aus meinem Umfeld. Auch Elvira würde traurig sein, wenn Lizzy am morgigen Heiligen Abend nicht dabei wäre. Die Frauen hatten sich auf Anhieb verstanden. Ich wäre der, der ihnen den Spaß verdorben hätte, wenn Lizzy sich gegen einen gemeinsamen Abend entschied.

Während ich mit Lizzy auf meinem Zimmer gewesen war, hatte mein Herz vor Aufregung bis zum Hals geschlagen. Ich begehrte diese Frau wie nie eine andere zuvor. Ausgenommen Lisa natürlich. Doch auch zwischen uns war die körperliche Anziehung nie so stark gewesen. Dieses Feuer, das in mir loderte, war unglaublich und neu.

Wer hatte mir Lizzy nur geschickt? War es vielleicht Lisa gewesen? Ich wünschte, ich könnte das glauben. Das hätte vieles einfacher gemacht.

Ich zuckte zusammen, als mein Handy klingelte. Schon am Rufton erkannte ich, dass mein Bruder anrief. Ich hatte nur wenig Lust, mit ihm zu sprechen. Lief es doch am Ende nur darauf hinaus, dass er mich überreden wollte, mit ihm und seiner Familie Weihnachten zu feiern. Es war doch erstaunlich, dass Lizzys Schwestern und mein Bruder hartnäckig das Gleiche versuchten.

Ich meldete mich etwas genervt. »Bruderherz, was verschafft mir die Ehre deines Anrufes?«

Ich fragte, obwohl ich es schon wusste.

»Jakob, wie geht es dir da oben im hohen Norden? Der Wetterbericht hat ja keine so guten Prognosen.«

Ich verdrehte die Augen. »Du willst mit mir über das Wetter sprechen?«

Zunächst herrschte Schweigen am anderen Ende der Leitung. Ein Räuspern drang an meine Ohren. »Nein, aber ich dachte, es wäre eine gelungene Einleitung.« Er lachte laut los. »Der Punkt geht an dich, Jakob.«

»Ich weiß.« Dann fiel ich in sein Lachen mit ein. »Wie geht es dir, Karl?«

»Ach weißt du, mir geht es eigentlich immer gut. Viel wichtiger wäre mir zu erfahren, wie es dir geht.«

»Ob du es glaubst oder nicht, mir geht es ziemlich gut hier in St. Peter-Ording.«

»Das freut mich. Gibt es Neuigkeiten?« Das fragte er immer und meinte damit, ob ich mich verliebt hätte.

Ich machte ihm die Freude. »Gibt es.«

Karl jubelte überrascht. »Echt jetzt?«

Ich zögerte. Mein Bruder und ich gingen sehr vertraut miteinander um. Sollte ich ihm mehr von Lizzy berichten?

»Na ja, du weißt, es ist kompliziert.«

»Sie ist verheiratet? Oder sind es die Erinnerungen an Lisa, die dich gefangen halten?«

»Letzteres trifft es.«

Karl stöhnte auf. »Jakob, du …«

»Ich weiß. Ich arbeite an mir. Und zwar hart. Ich bin auf dem besten Weg, mich zu verlieben.«

Mein Bruder freute sich für mich. Ich erzählte ihm, wie Lizzy und ich uns zum ersten Mal getroffen hatten. Aber auch, wie es in St. Peter weitergegangen war.

Karl atmete tief aus. »Mensch, dann brauch ich wohl nicht zu fragen, ob du nicht doch …?«

»Nein, so oder so nicht.«

Mein Bruder ließ es sich nicht nehmen, mir diverse Ratschläge zu geben, wie ich mit einer Frau umzugehen hatte. Bis ich ihn unterbrach. »Ich weiß sehr gut selbst, wie das funktioniert.«

»Den Eindruck habe ich zwar nicht, aber ich hoffe mal auf das Beste. Ich freue mich darauf, sie kennenzulernen.«

»Das wird noch dauern.«

»Warum denn? Mach doch endlich Nägel mit Köpfen.«

»Karl!« Meine Stimme wurde schneidend.

»Ich wünsche dir fröhliche Feiertage, mein Bruder. Und versau es nicht.«

Ich musste lachen. »Wünsche ich dir auch.«

Wir legten auf. Puh, eine anstrengende Unterhaltung. Mein Bruder war wirklich mein engster Vertrauter, aber in meiner Trauer verstand er mich nicht so, wie ich es mir wünschte. Unter Umständen hatte er sogar recht damit, mir dann und wann in den Hintern zu treten. Leider hatte ich meine Gefühle bislang dennoch nicht ablegen können. Ich hoffte jedoch, dass es mir mit Lizzy irgendwann gelingen würde. Wenn sie genügend Geduld mit mir aufbrachte. Mit meinem Bruder zu sprechen, war goldrichtig gewesen. Meine Gedanken in Worte zu fassen, hatte mich ein Stück weitergebracht.

Ich betrat die Pension, versunken in Grübeleien. Schon an der Haustür empfing mich Elvira mit fragendem Blick.

»Ich gehe auf mein Zimmer, Elvira, wir sehen uns morgen.« Ich kam mir vor wie ein Schuljunge, der sich vor den prüfenden Augen seiner Eltern verzog. Nur dass ich dies in meiner Jugend nie erlebt hatte.

»Schlaf gut, Junge.« Keine Fragen, keine Vorwürfe. Sie ließ mich ziehen. Ich war dankbar dafür.

32

LIZZY

Ich schlich zum Fahrstuhl, ohne mich umzusehen. Dennoch entging mir nicht, dass im Speisesaal alles für die Weihnachtsfeier der Gäste in Vorbereitung war. Riesige Kerzenleuchter waren auf den Tischen platziert. So viel konnte ich aus den Augenwinkeln erkennen. Ich schloss die Lider, als endlich die Fahrstuhltür leise zischend zuglitt und der Lift mich in den dritten Stock beförderte. Erschlagen von den Ereignissen des Tages und der Trauer um einen Mann, den ich wahrscheinlich verlieren würde, schlich ich gebeugt den Flur entlang. Ich sah irritiert auf, als ich ein leises Schluchzen vernahm. Vor der Tür meines Zimmers hockte eine Person, die ihr Gesicht in ihren Unterarmen vergrub. Mir stockte der Atem. Denn ich erkannte meine Freundin Silvi.

Ich eilte auf sie zu. Vergessen war der Ärger, den sie mir noch vor wenigen Tagen bereitet hatte. Sofort setzte ich mich zu ihr auf den Boden.

»Silvi, um Gottes willen, was ist mit dir?« Ich konnte

mir zwar schon denken, was sie zu mir zurückgetrieben hatte, wollte es aber nicht recht glauben.

Augenblicklich klammerte sie sich an mich.

»Ich bin eine blöde Kuh«, jammerte sie aufgelöst und wurde nur noch lauter. »Er wollte nur meine Kohle abgreifen, um dann zu verschwinden.«

Ich war entsetzt über den Zustand, in dem sie sich befand.

»Psst, komm erst mal herein. Es muss ja nicht jeder alles mitkriegen.«

Sanft half ich ihr beim Aufstehen. Silvis Schluchzen hallte durch den Gang. Kaum hatte ich die Zimmerkarte vorgehalten und die Tür geöffnet, rannte sie auf das Bett zu, um sich dort hinzuwerfen und der Tränenflut zu ergeben. Ich füllte ein Glas mit Leitungswasser.

»Trink einen Schluck«, befahl ich ruhig.

Abrupt richtete meine Freundin sich auf, sah entrüstet auf das Wasser und meinte: »Ich brauche was Stärkeres, mit Wasser komme ich nicht weit.«

Meine Mundwinkel zuckten, ich verkniff mir jedoch ein Grinsen.

»Trink trotzdem. Ich besorge später was anderes.« Ich forderte sie auf, mir zu erzählen, was sie derart traurig und aufgelöst machte.

»Ich schäme mich so, Lizzy. Ich habe dich hier sitzen lassen, dein Auto genommen und nur an mich gedacht.« Sie schniefte auf.

»Stimmt, das hast du. Aber lassen wir das jetzt.« Es lag mir nicht, sie in ihrem Zustand auch noch mit Vorwürfen zu quälen. Obwohl sie es sicher verdient hätte. Wenn ich ehrlich war, hatte ich auch ohne meine Freundin eine schöne Zeit erlebt.

Unwillkürlich dachte ich an Jakob. Im Speziellen an die Küsse, die mir den Himmel auf Erden versprochen hatten. Auch wenn es mit Einschränkungen sowie Ängsten verbunden gewesen war. Dennoch stand für mich fest, dass ich den morgigen Abend nicht mit Jakob und Elvira verbringen würde. Auch ohne Silvis Ankunft hätte ich bei Jakob abgesagt. Ich litt zu sehr unter Verlustängsten. Wenn mein Herz Feuer fing, konnte ich ein Ende mit Schrecken nicht gut verkraften. So viel war für mich klar.

»Wie meintest du das vorhin, dass er mit deiner Kohle abgehauen ist?«

Silvi verzog das Gesicht zu einer Grimasse.

»Na, er hat mir vorgeheult, dass ihm ein wichtiges Geschäft durch die Lappen ginge, weil ihm fünftausend Euro fehlten. Ich dusselige Kuh hab natürlich gedacht: Durch dick und dünn, in guten und … Blablabla. Ich habe mein Sparkonto geplündert und es ihm noch vor Weihnachten gegeben.«

Ich riss die Augen auf. »Fünftausend? Sag, dass das nicht wahr ist. Das war doch dein Geld für die Heilpraktikerausbildung. Das Erbe deiner Oma!«

Silvi hatte gleich im neuen Jahr damit anfangen wollen, sich eine Zukunft aufzubauen, die sie von ihrer Arbeit im Krankenhaus erlöste. Der Personalmangel, die vielen Überstunden und der hohe Krankenstand der Kollegen gingen ihr mächtig an die Substanz.

Eine kleine Genugtuung hätte ich mir nach Silvis unmöglichem Verhalten durchaus gegönnt. Aber dies war unglaublich gemein. Sie tat mir sehr leid. »Oh Silvi, was machst du denn jetzt nur?«

Sie sah mich mit triefenden Augen an. Die Wimperntusche hatte ihr schwarze Ränder unter die Lider gemalt. Selbst ihre roten Locken hatten an Sprungkraft verloren und klebten an ihrem Kopf wie nach einem Regenguss.

»Ich habe keine Ahnung. Der Scheißkerl ist mit einer anderen ins Ausland geflogen, ob er wiederkommt, steht in den Sternen.«

Ich schnappte nach Luft. Das konnte doch nicht … »Er ist abgehauen? Mit einer anderen? So eine Sau.«

»Du musst nicht alles wiederholen, es ist schlimm genug, es einmal zu hören. Können wir die Feiertage zusammen verbringen? Ich brauche viel Alkohol und Abwechslung, sonst werde ich noch verrückt.«

Ich raufte mir die Haare.

»Klar machen wir etwas zusammen, wenn du dich dazu in der Lage fühlst. Ich hätte da die Idee, uns zum Galadinner anzumelden. Ich glaube, da gibt es reichlich Alkohol und nicht weniger zwischen die Beißerchen. Wenn dort noch etwas frei ist. Soll ich mal unten anrufen und fragen?«

Meine Freundin schnäuzte sich und nickte zustimmend. Ohne zu überlegen, griff ich nach meinem Telefon und rief an der Rezeption an. Die freundliche Dame versprach in der nächsten halben Stunde zurückzurufen, meinte aber, dass gute Chancen bestünden, für zwei Personen einen Platz zu finden. Nachdem ich das erledigt hatte, schrieb ich eine Nachricht an Jakob. Für ein Telefongespräch fehlte mir der Mut. Seine Stimme zu hören, würde mich nur trauriger machen.

Silvi beobachtete mich lauernd. »Darf ich fragen, wem du schreibst?«

Ich zuckte mit den Schultern. »Nicht wichtig.«

Ich hatte nicht die Kraft, Silvi von Jakob zu erzählen. Sie würde alles daransetzen, ihn kennenzulernen, mich mit guten Ratschlägen bombardieren und in Selbstvorwürfe verfallen, dass sie mir das mit ihrem Auftauchen verdorben hätte. Doch so war es nicht. Ich hätte das Weihnachtsessen bei Elvira ohnehin abgesagt. Solange Jakob nicht uneingeschränkt mit mir zusammen sein konnte, blieb alles beim Alten. Ich war Single, er war der Witwer, der sich auf keine neue Beziehung einlassen konnte. Silvi hatte genug mit ihren Problemen zu tun, ich konnte sie nicht zusätzlich mit meinen belasten. Sicher waren Freunde dafür da, sich gegenseitig zu unterstützen, wenn es vonnöten war. Ich konnte mich auch später noch bei Silvi ausheulen.

Ich zuckte zusammen, als das Haustelefon schellte. Für einige Sekunden starrte ich es nur an. Käme nun die Zusage? Oder müssten wir uns für morgen etwas anderes einfallen lassen? Letzteres würde schwierig werden, da nur wenige Restaurants dazu bereit waren, am Heiligen Abend die Küche zu öffnen. Verständlich, denn die Feiertage hatten es in sich. Und die Angestellten hatten auch so kaum Zeit mit ihren Familien.

Ich gab mir einen Ruck und griff zum Hörer. »Von Seefeld.«

Ich lauschte gespannt, was die Dame vom Empfang mir gleich mitteilen würde.

»Ich habe gute Nachrichten für Sie, Frau von Seefeld. Ich habe einen Tisch für zwei Personen für Sie reservieren können. Das Galadinner beginnt um achtzehn Uhr und endet um Mitternacht mit einem Glas Champagner. Wir bitten Sie, angemessene Kleidung zu tragen.«

Ich schloss die Augen. Eigentlich war ich froh über diese Neuigkeit, doch wir hatten nicht die passenden Klamotten dabei.

»Danke«, stotterte ich, »wir freuen uns.« Verstört legte ich auf und schaute meine Freundin fragend an.

»Was ist? Gibt es doch Probleme?«

Ich zuckte mit den Schultern. »Ich fürchte, wir müssen noch einkaufen, wir können nicht in Jeans und Pullover zum Galadinner erscheinen.«

Silvi quietschte vergnügt. Von ihrer Trauer war keine Rede mehr. »Ich finde, das ist eine gute Gelegenheit, die Geschäfte in St. Peter unsicher zu machen.« Sie warf einen Blick auf ihre Armbanduhr. »Heute wird es nichts mehr, dann sollten wir morgen zeitig aus den Federn.«

Genervt verdrehte ich die Augen.

»Genau das, was ich mir wünsche«, erwiderte ich ironisch.

Silvi klatschte in die Hände. »Ist doch egal, wir werden einen schönen Abend verbringen, an den wir uns noch lange erinnern werden.«

Seufzend ging ich ins Bad. Dort putzte ich die Zähne, wusch mein Gesicht und streckte mir anschließend die Zunge raus.

»Hast du mal wieder gut hingekriegt, Lizzy«, raunte ich meinem Spiegelbild zu.

Dann schlüpfte ich zu Silvi ins Bett. »Gute Nacht, Silvi. Morgen wird es anstrengend.«

Sie richtete sich auf. Auf ihren Ellenbogen aufgestützt, schaute sie mich an. »Bist du sauer?«

»Nö, nur müde.«

Ich war nicht sauer auf Silvi, oder wenn, dann nur indirekt. Schließlich hatte sie mir dieses Weihnachten mit Schickimicki eingehandelt. Ich sehnte mich nach Jakob. Seine Blicke, die offensichtlich nur mir galten, oder … die heißen Küsse, die am Ende ein Versehen gewesen und doch von mir gewollt waren. Wenn er mit dunkler, sanfter Stimme meinen Namen nannte oder fast liebevoll eine wild gewordene Haarsträhne hinter mein Ohr schob … Würde das alles nie mehr geschehen?

Ich kniff die Lider zusammen, als mein Handy eine Nachricht ankündigte.

»Du hast eine WhatsApp bekommen«, flötete Silvi. Dabei lehnte sie sich über mich und schaute auf mein Display. »Wer ist Jakob?«, rief sie in mein Ohr. Ich bedeckte es eilig mit einer Hand.

»Kennst du nicht«, murmelte ich und gab mich gelangweilt. Obwohl mein Herz raste.

Meine Freundin schüttelte mich unsanft. »Warum nicht? Kann ich ihn nicht mal kennenlernen?«

»Du warst nicht da … und nein.«

Silvi schnaubte beleidigt. »Ich dachte, ich bin deine Freundin.«

Das war zu viel. Ich richtete mich auf und schrie sie wütend an: »Das dachte ich von dir auch!«

Dann warf ich mich wieder auf die von Silvi abgewandte Seite und zog die Decke über meine Ohren.

»Okay, verstehe«, maulte sie. Unterließ es aber trotzdem nicht, mir pausenlos Fragen zu stellen. Wäre ich allein gewesen, hätte ich mir die Nachricht von Jakob angesehen. Möglichst ohne sie gänzlich zu öffnen. Aber so …

Ich wartete darauf, dass Silvi einschlief. Ob es in dieser Nacht noch passieren würde, blieb offen. Für meine Freundin war die Beschäftigung mit meinem nicht vorhandenen Liebesleben eine willkommene Abwechslung zu ihren eigenen Sorgen. Wenn ich ehrlich war, hätte ich es gern genauso gemacht. Doch Silvi dachte nicht daran, ihre Beziehung, die keine mehr war, ins Spiel zu bringen. Sollte ich es vielleicht tun? Nein, ich war schließlich froh, dass ihre Flut an Tränen versiegt war und ich mir keine tröstenden Worte mehr einfallen lassen musste. Immerhin war ich der Meinung, sie sei selbst schuld. Warum hatte sie diesem Idioten ihre Kohle gegeben? Keinen Cent war der wert.

Jakob, ich vermisse dich.

Dann platzte es doch aus mir heraus: »Du kennst ihn.«

Meine Freundin war sofort Feuer und Flamme, alles aus mir herauszuquetschen. Sie wollte wissen, ob es jemand aus unserer Heimatstadt war. Ob ich ihn zufällig in St. Peter-Ording getroffen hätte.

Ich drehte mich auf den Rücken und sah verträumt zur Zimmerdecke. »Kannst du dich an den Typen erinnern, der über deine Geschenkpakete gestolpert ist?«

Silvis Augen wurden so groß wie Unterteller. »Dieser ungehobelte Mensch, der schimpfen kann wie ein Kesselflicker?«

Ich nickte, ohne sie anzusehen.

»Sag nicht, du hast ihn hier wiedergetroffen und dich zu allem Überfluss in ihn verliebt?«

»Jepp.«

Silvi wurde immer aufgeregter. Unbedingt wollte sie mehr erfahren.

»Er ist verheiratet«, schlussfolgerte sie.

»Schlimmer.«

»Schlimmer? Wie geht das? Zwölf Gören an der Backe und keine Arbeit?«

Jetzt musste ich doch lachen. »Er ist sozusagen verwitwet.«

Silvi warf sich rücklings auf die Matratze. »Ach Lizzy, die Trauerzeit geht auch vorbei, du musst nur Geduld haben.«

»Die dauert bereits fünf Jahre an«, entgegnete ich tonlos.

Silvi kam auf Touren. »Umso besser, nun bist du da, und er weiß gar nicht mehr, warum er so lange …«

»Silvi«, mahnte ich sie. »Glaub mir, er weiß es.«

»Och Menno«, brummte meine Freundin, »du hast aber auch ein Pech mit den Kerlen.«

Ich wandte meinen Kopf in ihre Richtung. Mit hochgezogenen Brauen schaute ich sie an.

»Ja, ich weiß, wer im Glashaus sitzt …«

»Muss im Keller vögeln«, vervollständigte ich den Satz, der einmal in einer Bierlaune entstanden war. Wir mussten beide kichern. Aber bei mir mischten sich Tränen dazu.

Mitfühlend sah Silvi mich an. »So schlimm?«

»Schlimmer.«

33

JAKOB

Mit verzerrtem Gesicht kämpfte ich mich durch den Wind, der mit jeder Menge Schnee daherkam. Ich hatte es vergeigt. Lizzy war gegangen, mit der Absicht, mich nicht wiederzusehen, bevor ich nicht mit ganzem Herzen zu ihr stand. Ich hatte mich eben erfolgreich an Elvira vorbeigeschummelt und wollte schlafen gehen. Da erreichte mich eine Nachricht, die mir den Boden unter den Plattfüßen wegzog. Lizzy sagte für den morgigen Abend ab.

Peng. Das traf meine aufgewühlte Seele tief.

Wie es aussah, war ihre Freundin der Grund dafür. Gerade die, die Lizzy ohne eine Erklärung und ohne Auto alleingelassen hatte. Ich konnte es nicht fassen. Gut, in diesem Fall hatte Lizzy eine Ausrede, gegen die ich mit keinem noch so schlagkräftigen Argument bestehen konnte. Eine traurige Freundin, auch wenn ich nicht wusste, warum die blöde Kuh zurückgekommen war, zog halt mehr als alles andere. Mehr als ich, der ihr immer wieder weisgemacht hatte, dass ich Zeit brauchte. Gab es tatsächlich niemanden mehr in der heutigen hektischen Welt, der Geduld aufbrachte? Erwartete ich zu viel? Wahrscheinlich. Verflixte Welt.

Lisa, du hast es bestimmt besser, dort, wo du jetzt bist.

Ich zuckte zusammen. Wie kam ich nur auf die Idee, dass Lisa gern dort war, wo sie war? Ich merkte, dass ich ihr Gesicht nicht mehr richtig heraufbeschwören konnte. Angst kam in mir auf. Würde ich bald nicht mehr wissen, wie sie einmal ausgesehen hatte? Auch wenn ich jede Minute an Lizzy dachte, durfte ich dies nicht zulassen.

Es dauerte lange, bis ich Lizzy eine Antwort schicken konnte. Es fehlten mir die richtigen Worte. Ich löschte und schrieb einen Text, dann verwarf ich ihn wütend wieder. Nachdem ich endlich einen abgeschickt hatte, wartete ich vergebens auf eine Antwort. Ich hatte freundlich gefragt, ob wir uns eventuell am ersten Weihnachtstag sehen könnten. Als ich das Warten nicht mehr aushielt, stürmte ich in die kalte Nacht und hoffte, dabei den Kopf frei zu bekommen.

Fehlanzeige. Meine rechte Hand umklammerte mein Handy, in der Hoffnung, es würde summen und eine Nachricht von Lizzy empfangen. Warum hatten wir so verdammt viel Schneefall in Nordfriesland? War nicht sonst Regen der Dauergast auf Eiderstedt und im gesamten Norden? Meine Stirn spürte ich kaum noch, weil der kalte Wind versuchte, mir das Hirn rauszupusten. Leider klappte es nicht, denn meine Gedanken waren bei … Lizzy. Ich konnte es kaum glauben, aber ich fürchtete, dass ich über beide Ohren in sie verliebt war. Elvira hätte mir jetzt dazu geraten, ihr das unverzüglich zu sagen. Mir lag aber fern, mich vor ihr und der treulosen Freundin zum Affen zu machen.

Inzwischen stolperte ich über meine eigenen Füße. Die Müdigkeit lähmte meine Gliedmaßen, sodass ich versucht war, mich in den weichen Schnee zu werfen, die Augen zu schließen und von der Frau zu träumen, die mir den Verstand raubte wie keine zuvor.

Entschuldige, Lisa, aber ich kann nichts dagegen tun.

Waren es Herzen, die da vom Himmel segelten? Ich musste verrückt geworden sein. Ja, doch, es waren Schneeflocken in Form von Herzen. Wie abgefahren war das nur? Ich musste mich zusammennehmen. Ich fing an, ein absoluter Spinner zu werden. Ich schob es auf die Kälte, die mein Hirn folterte. Daher beschloss ich, zurück in die Pension zu laufen. Ich nahm mir vor, noch am Vormittag mit Lizzy zu reden. Ich musste ihr sagen, wie sehr ich in sie verliebt war.

Abrupt blieb ich stehen. Was hatte ich da eben gedacht? Es stimmte, ich wollte diese Frau und keine andere. Ich sollte ihr bald mitteilen, dass ich bereit war für eine neue Liebe.

Lisa, verzeih mir.

Mit einem Lächeln auf den Lippen betrat ich den Hausflur meiner vorübergehenden Behausung. Ich war nicht verwundert, als ich Elvira antraf. Mit Erdnüssen bewaffnet wartete sie im Türrahmen der Küchentür auf mich.

Als sie mich bemerkte, stürmte sie auf mich zu und rief: »Mein Junge, wie siehst du denn aus! Du bist ja völlig verfroren.« Eilig zerrte sie mir die feuchte Jacke vom Körper, schob mich in die Küche und tätschelte meinen

Rücken. »Ich habe frischen Tee fertig, du musst deine Klamotten ausziehen.«

Zuvor transportierte sie meine Jacke wieder in den Heizungsraum, damit sie dort trocknen konnte.

Ich schaute sie belustigt an. »Du möchtest, dass ich mich hier in der Küche vor dir ausziehe?«

Sie winkte ab. »Natürlich nicht, was würden die anderen Gäste von mir denken. Ich bin kein leichtes Mädchen.« Elvira kicherte albern. »Los, los, ab nach oben, danach kommst du wieder, trinkst den Tee und erzählst mir endlich, was dich derart aus der Bahn geworfen hat.«

Ich nickte nur erschöpft, dann folgte ich Elviras Rat, der mehr eine Anordnung war.

Etwas später hielt ich einen heißen Becher zwischen beiden Händen und starrte aus dem Fenster, wo nur Dunkelheit herrschte. Genau wie in mir. Elvira ermunterte mich, ihr meine Sorgen mitzuteilen. Ich wandte ihr mein Gesicht zu, als ob ich sie jetzt erst bemerkte. Langsam nahm ich einen Schluck des aromatischen Kräutertees.

»Ich liebe sie.«

Elvira klatschte einmal in die Hände und strahlte mich an. »Aber das sind doch gute Nachrichten. Hast du es Lizzy auch gesagt?«

»Ich hatte keine Gelegenheit dazu.«

»Dann aber morgen«, bestimmte meine Pensionswirtin.

»Ich hab es vermasselt. Sie kommt nicht zum Weihnachtsessen. Ihre Freundin ist hier, und die beiden …« Ich brach ab. Es war für mich unverständlich, dass Lizzy dieser Silvi verziehen hatte, mir aber nicht.

Elvira schmunzelte. »Die ist natürlich mit eingeladen, ich habe schließlich meistens zu viel gekocht, da wird so eine Tante auch noch satt.« Sie rieb die Hände aneinander. »Lass mich mal machen. Du und Lizzy werdet euch unter dem Baum eure Liebe gestehen. Ich werde mich um die Freundin kümmern. Das Haus ist groß genug.«

Zweifelnd schaute ich die alte Dame an. Sie sprühte nur so vor Optimismus, davon hätte ich gern eine Dosis abbekommen. Sie füllte meinen Becher erneut mit Tee.

»Den nimmst du mit nach oben. Du brauchst eine Mütze voll Schlaf, wenn du morgen gut in Form sein willst.« Sie tätschelte meinen Handrücken und zwinkerte mir aufmunternd zu.

Diese Frau. Woher nahm sie nur die Energie? Ließ sie sich denn nie unterkriegen? Ich hatte sie mehr und mehr in mein Herz geschlossen.

»Geh besser unter die heiße Dusche, Junge, sonst wird dir heute Nacht gar nicht mehr warm«, rief sie mir auf dem Treppenabsatz hinterher. Ich wandte mich nicht um, aber ich hob die Hand, um ihr zu deuten, dass ich ihren Rat befolgen würde. Auch wenn Elvira beizeiten ein wenig nervte, tat mir, wenn ich ehrlich war, ihre Fürsorge unglaublich gut.

Oben sah ich noch einmal hinunter und lächelte. Wie sie dastand in ihrem Nachthemd, mit – ich fasste es nicht – rosa Herzmotiven. Herzen – überall, wo ich mich befand, tauchten diese Dinger auf.

Die heiße Dusche war goldrichtig. Meine Haut war hinterher rot und gut durchblutet. Auf der Bettkante schlürfte ich den Tee, der nicht mehr ganz warm war, aber dennoch wunderbar schmeckte. Ich riskierte einen Blick auf mein Mobiltelefon. Keine Nachricht von Lizzy.

Wider Erwarten schlief ich unmittelbar ein. Ich träumte

von einer weißen Weihnacht, mit Schneeflockenherzen und dem Lied meiner Jugend: *Wir zünden eine Kerze an.*

Dazu kuschelte Lizzy sich in meine starken Arme und summte mit.

❄

Am Weihnachtsmorgen duftete es von unten bereits köstlich. Elvira hatte ihre Lieblingsspeise, Gänsebraten, in der Röhre. Ich machte mich frisch, um mit meiner Vermieterin ein kleines Frühstück einzunehmen. Ich sah mich überall um, fand sie jedoch nicht. Elvira war offenbar noch einmal einkaufen gegangen. Ich ärgerte mich, denn ich hätte ihr den Weg gern abgenommen, zumal sie kein Auto besaß.

34

LIZZY

Ich hätte mich fast an meinem Brötchen verschluckt. Vorn am Eingang zum Frühstückszimmer entdeckte ich Elvira. Sie suchte den Raum mit den Augen ab. Als sie mich sah, strahlte sie begeistert und stapfte auf unseren Tisch zu.

»Guten Morgen, die Damen«, trällerte sie fröhlich. »Darf ich mich einen Augenblick zu euch setzen?«

Ich spülte den Bissen mit heißem Kaffee herunter und meinte tonlos: »Bitte.«

Ich starrte sie erwartungsvoll an.

»Willst du mir deine Freundin nicht vorstellen?«

Ich hustete. »Doch, klar, natürlich. Das ist Silvi, meine langjährige Freundin. Silvi, darf ich dir Elvira Schlüter vorstellen. Sie führt in St. Peter eine kleine, aber feine Pension.«

Silvi strahlte. »Ach die Wirtin, bei der dein Jakob wohnt?«

Röte stieg mir in die Wangen. ›Mein Jakob‹, wie sich das nun wieder anhörte.

Elvira rettete die Situation mit Bravour. »Na ja, eigentlich ist er mein lieber Junge. Am liebsten würde ich ihn für immer hierbehalten.« Sie lächelte unsicher. Eine Eigenschaft, die überhaupt nicht zu der taffen Frau passte. Sie richtete sich an Silvi. »Liebes Kind, darf ich dir Lizzy für einen Moment entführen? Ich komme dann gleich noch mal auf dich zu. Ich hätte da einen Vorschlag zu machen.«

Ich schaute Elvira verständnislos an.

»Bitte«, meinte sie mit Nachdruck, »es wäre mir sehr wichtig.«

Elvira war in Sachen Vermittlung unterwegs, dessen war ich mir sicher. Ich räusperte mich.

»Elvira, ich habe vor meiner Freundin keine Geheimnisse, du kannst mir gleich hier sagen, was du auf dem Herzen hast.«

Ich orderte bei der Bedienung einen weiteren Becher für den Kaffee. Schließlich wollte ich nicht unhöflich erscheinen. Immerhin hatte Elvira mich gastfreundlich in ihrem Haus empfangen. Mit Jakob hatte das nichts zu tun. Na ja, unter Umständen doch. Wo sie doch eben erst erwähnt hatte, wie sehr er ihr am Herzen lag.

Silvi aß in aller Ruhe weiter. Dabei schaute sie neugierig von mir zu Elvira und zurück. Ich wurde zappelig auf meinem Stuhl. Was hatte Elvira mir zu sagen? Traute Jakob sich nicht, mir unter die Augen zu treten?

»Jakob weiß nicht, dass ich hier bin«, erwähnte sie, als ob sie meine Gedanken erriete.

»Nun macht es doch nicht so spannend und kommt endlich auf den Punkt«, mischte meine Freundin sich unerwartet ein.

Elvira rang mit sich. Offenbar war sie nicht sicher, ob

sie vor Silvi offen reden wollte. Dann lächelte sie jedoch versonnen. »Lizzy, ich möchte euch bitten, heute Abend meine Gäste zu sein.«

Ich schüttelte entschieden den Kopf. »Ich finde das wirklich lieb von dir, aber ich möchte nicht. Vielen Dank.«

Silvi schaute mich bohrend an. Ich bemühte mich, sie nicht anzusehen.

»Aber warum denn nicht, Lizzy, ich finde, das ist eine tolle Idee«, protestierte sie und stieß unterm Tisch mit dem Fuß gegen mein Schienbein.

»Der Junge steht sich selbst im Weg«, meinte Elvira besorgt. »Mir hat er anvertraut, dass er verzweifelt ist, weil er es mit dir … so nannte er das, *vergeigt* hätte.« Sie berichtete, dass Jakob nachts durch den Schnee gelaufen und völlig durchgefroren in der Pension angekommen sei.

»Er läuft öfter kopflos durch die Nacht, ich glaube nicht, dass es mit mir zu tun hat.«

»Es hat immer mit dir zu tun, mein Kleines. Glaube mir. Er hat mir heute Nacht gestanden, wie sehr er dich liebt.«

Wie vom Donner gerührt starrte ich sie an. Jakob liebte mich? Aber daran hatte ich im Grunde keine Zweifel. Die Art, wie er mich umsorgte, mit mir sprach und vor allem, wie er mich ansah, verriet ihn. Doch da war auch Lisa, die ihn immer gefangen halten würde. Sie beherrschte seine Gefühle und seine Gedanken. Die Erinnerungen an sie bewahrte und hütete er tief im Herzen. Ich glaubte nicht, dass ich damit leben könnte. So verständlich ich es auch fand. Ich konnte und wollte sie nicht ersetzen.

Elviras Augen hielten mich gefangen. Sie wartete auf eine Antwort, eine, die sie für richtig hielt. Sie wollte, dass ich Jakob eine Chance gab. Langsam schüttelte ich den Kopf.

Silvi mischte sich ein: »Lizzy, ich werde dir nicht im Weg stehen. Wenn du auch ohne mich …«

»Darüber diskutiere ich nicht, wie vereinbart bleiben wir –«

»Vereinbarungen kann man ändern, ich bin flexibel, das weißt du«, unterbrach Silvi mich nachdrücklich.

Mir fiel es schwer, Elviras Blick standzuhalten. Ihre weiche, liebevolle Art, mit Menschen umzugehen, ließ auch mich nicht unberührt. Sollte ich es doch tun? Den Tränen nahe lehnte ich die Einladung erneut ab.

Silvi richtete sich auf. »Wenn es dir recht ist, Elvira, komme ich gern allein. Ich finde Lizzy langsam zu umständlich in ihren Entscheidungen.«

Mein Blick schnellte zu ihr. Sie fiel mir in den Rücken? Und das nach dem, was sie mir bereits angetan hatte? Nachdem ich sie mit offenen Armen aufgenommen, sie getröstet und wieder als meine beste Freundin in mein Herz gelassen hatte? Ich hätte allen Grund gehabt, sie abzuweisen, aber ich hatte es nicht getan.

Silvi sah mich herausfordernd an. »Ja, was? Wenn du dich nicht überreden lässt, dein Glück bei den Hörnern zu packen, dann muss ich etwas unternehmen.«

»Silvi, ich glaub das jetzt nicht. Du willst die Glücksgöttin spielen, ohne mich zu fragen?«

»Wenn ich dich fragen würde, wäre ich keine Göttin. Ich handle eben.«

Elvira grinste. »Natürlich ist das in Ordnung. Ich freue mich immer, wenn ich Gäste bewirten darf.«

Sie zwinkerte meiner Freundin verschwörerisch zu. Ja stellten sich denn jetzt alle gegen mich?

Ich zögerte. »Gut, aber es gibt da immer noch einen Haken. Wir haben das Galadinner gebucht, das ein kleines Vermögen kostet, und wir müssen es auch bezahlen, wenn wir absagen.«

Ich wusste ehrlich gesagt nicht genau, ob es sich wirklich so verhielt, aber ich fand, das klang plausibel.

Elviras Gesicht hellte sich auf. »Lass mich mal überlegen. Die Tochter einer guten Freundin von mir arbeitet im Restaurant. Ich spreche mit ihr.« Sie schaute mich erleichtert an. »Du stimmst also zu? Jakob wird sich freuen. Ich werde ihm aber im Vorfeld nichts verraten und ihr bitte auch nicht.« Sie erhob sich mit zufriedener Miene und verabschiedete sich mit den Worten: »Um achtzehn Uhr gibt es Essen. Bis dann.«

Mit eiligen Schritten, die ich ihr gar nicht zugetraut hatte, verschwand Elvira aus dem Frühstücksraum, nachdem sie sich für den Kaffee bedankt hatte.

»Silvi«, zischte ich, »du bist …«

»Die Glücksgöttin, dabei belassen wir es am besten. Nicht dass wir uns noch in die Haare kriegen. Es ist immerhin Weihnachten.« Beherzt griff sie in den Brötchenkorb und schnitt ein drittes Backwerk auf. Ich fragte mich, wo sie das alles ließ. Sie war schlank und sportlich. Wenn ich so aussehen wollte, stünden diese Köstlichkeiten aus Weißmehl sicher nicht auf meinem Speiseplan.

Meine Freundin meinte, ich solle es positiv sehen. Wir müssten nun nicht mehr viel Geld für die Abendgarderobe ausgeben, sondern könnten den Tag mit lustigeren Dingen verbringen. Natürlich fiel mir da eine Gemeinheit ein. Silvi war eine Frostbeule. Ich würde sie den ganzen Tag bis zum Essen bei Elvira durch den Schnee schleppen. Strafe musste eben sein.

Ich hatte jedoch nicht erwartet, dass Silvi vorgesorgt und warme Anoraks und Schneehosen eingepackt hatte. Es wurde ein fröhlicher Tag. Wir bewarfen uns mit Schneebällen, malten Engel in den Schnee am Strand und wärmten uns an der Promenade mit Glühwein auf.

»Ich bin ziemlich gespannt deinen Traummann näher kennenzulernen. In jedem Fall sieht er nicht besser aus als ich.« Sie lachte übermütig.

»Nie im Leben. Dieser Friesen-Hero ist ein Hingucker, aber mit dir steht er in keiner Konkurrenz.« Es tat ungemein gut, dass wir uns wieder verstanden und unseren Humor teilten.

Doch zu fortgeschrittener Stunde stellte sich ein Magengrummeln bei mir ein. Die Schmetterlinge zogen ein und brachten mein Inneres ganz schön in Wallung. Silvi spürte die Veränderung. Ich konnte mir noch so viel Mühe geben, es mir nicht anmerken zu lassen, aber sie kannte mich einfach zu gut.

»Aufgeregt?« Sie grinste.

»Ich? Nie. Jakob müsste Bammel haben, aber der Glückliche weiß noch nichts davon, mich am Heiligen Abend zu sehen.« Leider war nicht zu vermeiden, dass meine Stimme zitterte.

Silvi tätschelte meine Wange. »Ist klar, Schnucki, ich kann dir aber ansehen, dass du mit jeder Stunde nervöser wirst.«

Ich musste jetzt selbst lachen. »Ich könnte dich mit Schnee einseifen, damit du deine Klappe hältst.«

Silvi stolperte durch den Schnee von mir weg.

»Dazu musst du mich erst mal fangen.« Lachend rannte sie davon, bis ihr die Puste ausging.

Am späten Nachmittag begaben wir uns auf das Zimmer, um zu duschen und uns umzuziehen. Da mein Koffer nicht unendlich viel Auswahl hergab, durchsuchte ich ihn mit ernster Miene nach Kleidung, die für den Weihnachtsabend infrage kam. Ich hätte mich selbst belogen, wenn ich behauptete, dass es mir gleichgültig wäre, wie ich Jakob unter die Augen treten würde. Ich entschied mich für eine Jeans mit Stickerei an den Taschen und eine Bluse, die meine Rundungen etwas kaschierte. Ein leichtes Make-up, mit Lipgloss und reichlich Wimperntusche, ließ mich frisch und gepflegt aussehen. Silvi hatte sich eigens für besondere Anlässe, obwohl die gar nicht geplant gewesen waren, ein tailliertes schwarzes Kleid eingepackt. Wie sie damit durch den Schnee kommen wollte, war mir schleierhaft. Aber ich beschloss es ihr zu überlassen, in welcher Robe sie sich den Kältetod holen würde. Immerhin hatte ich ein Taxi bestellt, mit dem wir nach St. Peter-Dorf gebracht werden sollten.

In einer halben Stunde wäre es so weit, und meine Nervosität stieg von Sekunde zu Sekunde. Meine Hände zitterten, als ich mir auf dem Balkon eine Zigarette anzündete. Ich war so in Gedanken versunken, dass ich zusammenzuckte, als Silvi neben mir erschien.

»Seit wann rauchst du wieder?«, fragte sie.

»Nur mal so, ich brauche das jetzt irgendwie.«

Meine Freundin kicherte. »Du wirst heute die Heldin des Abends sein, mach dir keine Gedanken. Ich werde natürlich auf dich aufpassen.«

Ich fuhr herum. »Du wirst gar nichts. Wehe, wenn du irgendwelche Bemerkungen fallen lässt.«

Sie nahm mich sanft in die Arme. »Keine Angst, ich weiß, wie ich mich zu benehmen habe.«

»Mal ganz was Neues«, erwiderte ich tonlos.

Ich hatte für Elvira einen großen bunten Blumenstrauß besorgt. In dieser Jahreszeit kostete das ein kleines Vermögen. Aber immerhin hatte Elvira es geschafft, dass wir das gebuchte Festessen im Hotel nicht bezahlen mussten. Vor der Tür der Pension bibberte Silvi vor Kälte und ich vor Aufregung, bevor ich die Klingel betätigte.

35

JAKOB

Lizzy reagierte weder auf meine Versuche, sie anzurufen, noch auf die Nachricht, die ich am Vormittag des Heiligen Abends versandt hatte. Elvira sang und pfiff in der Küche vor sich hin, klapperte mit Töpfen und Geschirr herum und war voll in ihrem Element. Obwohl ich seit Jahren ein tristes Fest bevorzugte, hatte ich das Gefühl, noch nie ein dermaßen trauriges Weihnachten erlebt zu haben. Lizzy fehlte mir unglaublich.

Ich hatte den Tisch im Gästeraum für mich und Elvira gedeckt. Ich war dabei einigermaßen kreativ gewesen und hatte Servietten gefaltet, Wein- und Wassergläser dazugestellt und den üppigen Kerzenleuchter bestückt. Die Kerzen flackerten nun vor sich hin und verströmten Wärme und einen Duft von Wachs. Dankbar hatte ich bemerkt, dass meine Wirtin auf einen Baum verzichtet hatte. Ich fragte mich, ob sie das mir zuliebe getan oder es nicht mehr geschafft hatte, einen zu besorgen.

Ich begab mich zu ihr in die Küche, um mich zu erkundigen, ob sie Hilfe benötigte. Der Anblick ließ mich schmunzeln. Sie eilte vom Herd zum Küchentisch und wieder zurück. Ihre Wangen leuchteten vor Eifer in einem weihnachtlichen Rot.

Unerwartet läutete die Türglocke. Wir sahen uns fragend an.

»Ach herrje«, nuschelte Elvira, »da hat sich wohl jemand verlaufen. Bist du so lieb und schaust mal nach?« Hektisch öffnete sie die Backofentür und verschwand im Bratendunst.

Ich zuckte mit der Schulter und trottete los. Durch einen Spalt in der Gardine des kleinen Fensters erkannte ich zwei Personen. Kamen etwa neue Gäste, die keine andere Bleibe mehr ergattert hatten? Ich fand es ziemlich vermessen, so unverhofft anzufragen. Mit entsprechender Miene öffnete ich die Tür.

»Frohe Weihnachten!« Ich war sprachlos, als ich Lizzy mit ihrer Freundin entdeckte. Ich vermutete zumindest, dass es die Freundin war, ich hatte sie bisher noch nicht näher kennengelernt. Doch das sollte sich wohl jetzt ändern.

»Ich geh schon mal in die Küche«, verkündete sie laut und schob sich an mir vorbei. Normalerweise hätte ich sie daran gehindert, ungebeten ins Haus zu stürmen. Doch meine Augen hafteten an Lizzy. Tränen schimmerten unter ihren Lidern. Mir erging es nicht anders. Ich war unglaublich überrascht. Mein Körper vibrierte. Ich wollte sie sofort in meine Arme ziehen, doch irgendetwas hinderte mich daran. Ob es der übergroße Blumenstrauß war? Oder die Furcht vor Zurückweisung? Ich hatte keine Ahnung. Aber ich sollte sie vielleicht hereinbitten. Ich gab den Eingang frei und wartete.

»Es ist kalt hier draußen«, stellte Lizzy fest.

Ich schluckte. »Dann komm doch herein.«

Nachdem sie umständlich ihre Stiefel abgeklopft hatte, bewegte sie sich auf mich zu, hauchte mir einen Kuss auf die Wange und sagte: »Frohe Weihnachten, Jakob.«

»Dir auch. Schön, dass du doch noch gekommen bist.«

»Mal schauen. Elvira hat mit Engelszungen auf mich eingeredet.«

»Ich finde, das hat sie gut gemacht. Die Überraschung ist in jedem Fall gelungen.« In meinen Fingern kribbelte es gewaltig. Ich musste mich zusammennehmen, um sie nicht sofort an mich zu ziehen. Im Hausflur schlichen wir umeinander herum wie Fremde, die sich nicht vertrauten.

»Ich glaube, ich muss den Tisch decken, ich habe nur für zwei aufgelegt. Elvira hat mir natürlich nichts gesagt. Wenn du mich kurz entschuldigst?«

Lizzy nickte verhalten. »Kann ich dir helfen?«

Ich lächelte sie an. »Ich denke, das bekomme ich allein hin. Schau doch inzwischen bei Elvira in die Küche. Sie wird sich nicht weniger freuen als ich. Obwohl sie es im Gegensatz zu mir vorher gewusst hat.«

Wir erschraken beide, als Elvira plötzlich neben uns auftauchte.

»Es ist im Wohnzimmer am Esstisch gedeckt. Es ist ein besonderer Tag und ein schöner Anlass, dann wird bei mir in der guten Stube gegessen.« Sie sah mich entschuldigend an. »Ich musste dich nur ein wenig beschäftigen, damit du nicht wieder im Schnee auf Wanderschaft gehst.«

Lizzy musste lachen. Ich mochte es sehr, wenn sie das tat. Es war ein ehrliches, helles Lachen, das jedes Mal mein Innerstes berührte, auch wenn ihre Belustigung wie gerade auf meine Kosten ging.

»Schön, dass du da bist, Lizzy. Silvi macht sich in der Küche nützlich, sie ist wirklich ein nettes Mädchen.«

»Stimmt, manchmal ist sie eine patente Unterstützung. Aber nur manchmal!«, rief sie in Richtung der Küche, damit ihre Freundin sie hörte.

»Du übertreibst, Lizzy, ich bin doch die Nervensäge der Nation.« Geschirr klapperte zur Untermalung ihrer Worte. Es war eine lockere Situation entstanden, die uns allen gefiel. Elvira trug ein Lächeln auf dem Gesicht, und Lizzy entspannte sich ebenfalls langsam.

Elvira eilte hin und her, um das Festessen auf den Tisch zu bringen. Silvi unterstützte sie tatkräftig. Mir wurde die Aufgabe zuteil, die Gans aus dem Ofen zu holen. Für mein Dafürhalten hätten noch fünf weitere Personen daran Freude gehabt. Elvira war eben eine Frau der Superlative. Es duftete fantastisch.

Ich bezweifelte allerdings, dass ich in der Lage sein würde, meinen Magen damit zu beglücken. Ich war aufgeregt wie noch nie zuvor. War mir doch bewusst, dass dieser Abend alles festlegen würde. Ich musste die richtigen Worte finden, um Lizzy zu überzeugen, dass ich mich für einen Weg mit ihr entschieden hatte. Ja, tatsächlich, ich wollte nie wieder ohne diese Frau sein. Ich war sehr dankbar, dass meine Seele einen Ausweg aus der Trauer gefunden hatte. Jedenfalls zum größten Teil.

Silvi erschien neben mir in der Küche.

»Ich brauche Schüsseln für das Gemüse«, forderte sie.

Hilflos schaute ich mich um. »Dort drüben hat Elvira alles parat gestellt.«

Silvi grinste mich an und sah mir dabei direkt in die Augen. »Die liebe Elvira, sie denkt einfach an alles. Ich freue mich, dass sie uns eingeladen hat.«

Unsicher erwiderte ich den Blickkontakt. »Freut sich Lizzy auch? Oder musstet ihr sie überreden?«

»Was willst du denn jetzt hören? Natürlich hast du es mir zu verdanken, dass sie heute hier ist. Ich rate dir gut, versau es nicht wieder.« Sie lachte laut auf, daher nahm ich die Drohung nicht übermäßig ernst.

»Ich werde mir die größte Mühe geben«, murmelte ich und wandte mich wieder dem Vogel zu. Elvira bat mich, ihn mit der Geflügelschere zu zerlegen. Eine Aufgabe, die mich an meine Grenzen stoßen ließ. In solchen Dingen war ich ungeübt, wenn nicht gar ein Riesendilettant.

»Mühe gibt sich auch eine Waschmaschine«, rief Lizzys Freundin mir zu, bevor sie die Küche verließ.

Wo setzte ich nur den ersten Schnitt an? Durch die Mitte oder doch erst bei den dicken Beinen? Es durfte nicht so lange dauern, bis das Vieh erkaltete. Dann wäre die schöne Pracht nur noch lappig und trocken. Ich lauschte dem Treiben, das vom Wohnzimmer her zu mir drang. Es nützte nichts, ich musste mir Unterstützung holen. Ich legte das Werkzeug beiseite und wollte eben rufen, da erschien Lizzy neben mir.

»Hm, im Sezieren bist du wohl nicht gerade ein Ass?« Sie kicherte und ergriff die Schere. »Soll ich es mal versuchen? Dann könntest du den Rest auf die Schüsseln verteilen.«

»Ich dachte, Silvi hat das übernommen?«

»Dann würde hier auf dem Herd nichts mehr stehen. Auf Silvi ist in dieser Hinsicht kein Verlass.« Lizzy lachte vergnügt und löste tatsächlich zunächst die Beine des Tieres. Meine Hände zitterten, während ich das heiße Gemüse umfüllte.

Wenig später stand alles auf dem festlich gedeckten Tisch. Elvira sprach ehrfürchtig ein Tischgebet. Wir anderen hörten ihr mit angehaltenem Atem zu. Die Luft war voller Emotionen. Von Abneigung gegenüber den Festtagen war in diesem Augenblick nichts zu spüren. In Lizzys Augen schimmerten Tränen, auch bei ihrer Freundin glitzerte es verdächtig.

»Amen«, sprach Elvira ehrfürchtig. »Guten Appetit.«

Lizzy hatte neben mir Platz genommen, aus dieser Position heraus konnte ich keinen Blickkontakt aufnehmen. Ich roch ihr Parfum. Sie war mir nahe und doch so fern. Silvi, die mir gegenübersaß, schaute mich unentwegt, noch dazu herausfordernd, an. Elvira versuchte, ein lockeres Gespräch in Gang zu halten, was dann endlich beim Dessert auch gelang. Es gab eine Flasche Wein zum Essen, und das ließ uns einigermaßen entspannen.

Elvira verdonnerte Silvi dazu, mit ihr zusammen den Abwasch zu erledigen. Geräuschvoll schloss Elvira die Wohnzimmertür hinter sich und gab mir damit nachdrücklich ein Zeichen, den Schritt endlich zu wagen. Mein Herz klopfte wie verrückt in meiner Brust. Fast fürchtete ich, es würde jeden Moment herausspringen.

36

LIZZY

Mir wäre es lieber gewesen, wenn ich die Küche hätte aufräumen können. Aber Elvira war resolut. Wir waren nun allein. Wenn nicht gleich etwas geschah, würde ich fluchtartig das Haus verlassen. Meine Nerven waren bis zum Zerreißen gespannt. Jakob schwieg. Er sah mich lediglich mit unergründlichen Dackelaugen an.

Mein Blick wanderte durch das Wohnzimmer. Elvira liebte offensichtlich das Maritime. Überall waren Möwen aus Holz aufgestellt. Weiter hinten auf der Kommode hatte sie liebevoll Fotos ihrer Söhne platziert. Ein Bild ihres verstorbenen Mannes stand daneben. Sie hatte es mit künstlichen roten Rosen geschmückt. Dicke Teppiche ließen den Raum Ruhe ausstrahlen. Das Geräusch jedes Schrittes wurde verschluckt. Auch das von meinen, denn ich tigerte inzwischen auf und ab, um mich abzulenken. Jakobs nachdenklicher Blick folgte mir.

Ich fasste mir ein Herz und blieb abrupt vor ihm

stehen. »Sprich mit mir, Jakob, sonst verlasse ich das Haus umgehend.«

Er schluckte und berührte meine Wange vorsichtig mit seiner linken Hand. »Ich versuche es ja, aber ich befürchte, etwas Falsches von mir zu geben. Hilf mir bitte, wie soll ich mich verhalten?«

Nun … Das wusste ich sofort. »Nimm mich in deine Arme. Ganz fest bitte.«

Darauf hatte mein Traummann dem Anschein nach nur gewartet. Er zog mich zu sich heran und schloss seine starken Arme um meine Taille. Mein Herz klopfte laut in meiner Brust. Jakob musste es hören. Mit beiden Händen nahm er mein Gesicht und gab mir einen zögerlichen Kuss auf die zitternden Lippen. Mein Inneres explodierte. Ich klammerte mich an ihn wie eine Ertrinkende, nie wieder wollte ich ihn loslassen. Jakob schien es nicht anders zu gehen.

Doch plötzlich löste er unsere Umarmung. Wenn er jetzt wieder behauptete, dass dies alles ein Fehler sei, sich entschuldigte und abhaute, dann würde meine Welt vollends zusammenbrechen und ich mich für alle Zeiten von ihm verabschieden. Ich ertrug die Sehnsucht nach ihm nicht, wenn er in meiner Nähe war. Noch morgen, so dachte ich, würde ich nach Hause fahren.

Jakob nahm meine Hand und führte mich zum Sofa, das kaum als solches zu erkennen war. Auf der Lehne lauerten verschiedene Stofftiere, und Seidenkissen bedeckten die Sitzfläche. Jakob schob sie einfach zur Seite. Drei davon fielen auf den Boden, doch wir schenkten ihnen keine weitere Beachtung. Nachdem wir den nötigen

Platz freigeräumt hatten, ließen wir uns nieder. Sofort ergriff Jakob meine beiden Hände.

»Lizzy«, begann er stockend, »ich weiß, dass ich dich oft verletzt habe, dafür möchte ich mich entschuldigen.« Ich öffnete den Mund, um etwas zu sagen, doch er verschloss meine Lippen mit einem zarten Kuss. »Wenn du mich jetzt nicht reden lässt, schaffe ich es nicht so schnell wieder. Mir fehlen dann die Worte, die ich mir nach langem Grübeln zurechtgelegt habe.«

Ich schlug die Lider nieder, als Zeichen, dass ich ihn verstanden hatte. Jakob streckte den Rücken durch.

»Seit Lisa nicht mehr bei mir ist …« Das fing ja gut an, Lisa war einfach überall. Ich hörte dennoch schweigend zu. »… habe ich mich nicht derart für eine Frau interessiert wie für dich. Du bist jede Minute, jede Sekunde und jeden Tag in meinem Kopf. Wenn ich schlafen gehe, wenn ich die Beine aus dem Bett strecke … Du bist überall bei mir, weil … ich mir endlich eingestanden habe … Ich bin in dich verliebt.«

Ich war unglaublich erstaunt und überwältigt von seinen Worten.

»Ich liebe dich auch, Jakob«, entgegnete ich mit zitternder Stimme.

»Kleines, das habe ich längst gespürt. Darum tut mir mein Zögern ja auch so leid. Es ist mir bewusst, wie du gelitten hast, wenn ich wieder mal fluchtartig das Weite gesucht habe, weil meine Gefühle mich verwirrten.«

Von der Küche drang lautes Lachen zu uns herüber. Silvi und Elvira schienen sich gut zu verstehen und hatten sogar Spaß bei der Küchenarbeit. Zunächst kam mir der Verdacht, die beiden amüsierten sich über uns. Doch sie konnten unmöglich wissen, was hier im Wohnzimmer geschah. Wir wussten es schließlich selbst nur zum kleinen Teil. Bis Jakob weitersprach.

»Ich bin dahintergekommen, dass wir zwei verwandte Seelen sind. Es war Schicksal, dass unsere Wege sich kreuzten. Ich möchte mit dir Licht und Schatten teilen, nie mehr etwas bereuen und alles verzeihen. Du hast mir den Mut zurückgegeben, zu lieben. Dafür bin ich dir unglaublich dankbar. Mein Herz lege ich in deine Hand, so wie du mir deines schenken kannst. Ich empfinde da eine Magie zwischen uns, das ist mir noch nie passiert.«

Ich versuchte vergeblich die Tränen herunterzuschlucken, sie rollten über meine Wangen wie ein Wasserfall. Ich schluchzte auf.

»Jakob, ich …«

»Sag nichts, ich habe dir noch so viel zu sagen. Ich möchte dir den Himmel auf Erden schenken, auch wenn ich vielleicht nicht immer geschickt damit umgehe. Du rettest meine Träume, die tief in mir geschlummert haben. Mit dir wünsche ich mir einen Neubeginn, der mir noch nie so nahe war.«

Jakob schluckte, auch ihm gelang es nicht, die Tränen zurückzuhalten. Er war ein so gefühlvoller Mensch, ich musste ihn einfach lieben. Daran hatte ich nie Zweifel gehabt, aber nun, in diesem Moment, war mir zum Heulen und Lachen zugleich zumute. Wie sehr musste er in den letzten Jahren gelitten haben?

Als er weitersprach, stockte mir der Atem. »Ich spüre meine Flügel wieder, und ich finde mehr und mehr zu mir selbst. Nur du konntest das bewirken.«

Ich schloss seinen Mund mit einem langen Kuss. Unsere Blicke trafen sich und hielten einander fest.

»Ein wunderschönes Weihnachtsgeschenk. Das Fest der Liebe darf endlich auch für uns wieder stattfinden«, flüsterte ich ergriffen.

Jakob lächelte unter Tränen. »Wir haben uns lange genug dagegen gewehrt, nicht wahr?«

»Viel zu lange«, erwiderte ich versonnen. Ich kuschelte mich an ihn. Ein Moment, der nur uns gehörte, bevor wir die beiden Küchenelfen hereinließen, damit wir den Rest des Abends gemeinsam begehen konnten.

Silvi stürmte regelrecht in die gute Stube. Sie schaute uns besorgt an, dann grinste sie zufrieden. »Ihr seht aus, als ob ihr auf Wolken schwebt. Ich brauche wohl nicht mehr zu fragen, ihr seid glücklich. Frohe Weihnachten, ihr Lieblingsmenschen.«

Elvira rieb ihre Hände gegeneinander. »Für besondere Zwecke habe ich immer einen Champagner im Keller.« Sie sah Jakob an. »Mein Junge, würdest du …?«

Der Angesprochene sprang unverzüglich auf. »Jawohl, Frau Sonnenschein, ich eile.«

Nur schwer konnte er sich von mir lösen, mir erging es nicht anders, aber diesmal wusste ich, dass er in wenigen Minuten wieder bei mir sein würde.

EPILOG

EIN JAHR SPÄTER ZUM JAHRESWECHSEL IN SANKT PETER-ORDING

Lizzy und Jakob

Frostige Nächte und Tage bestimmten das Wetter im Norden. Klare Luft lud zum Spazierengehen an den Strand. Wieder einmal zeigte sich, dass die Wetterfronten ständig wechselten. Im Jahr davor hatte das gesamte Nordfriesland um diese Zeit unter einer dicken Schneedecke gelegen. Doch noch etwas Weiteres hatte sich geändert. Ich war kein *glücklicher Single* mehr, sondern eine rundum zufriedene liebende Frau. Jakob hatte mir dieses unfassbare Glück beschert.

Seit einem Jahr gingen wir gemeinsam durch dick und dünn. Jakob hatte anfangs hin und wieder eine Auszeit gebraucht. Dann hatte er Zwiesprache mit Lisa gehalten. Inzwischen erlaubte ich mir, auch mit ihr zu reden. Manchmal erhielt ich sogar eine Antwort, indem ein warmer Luftstrom über meine Haut streifte. Ich nahm an, dass ich mir dieses Phänomen nur einbildete, aber es war tröstlich, wenn ich es gerade brauchte. Lisa gehörte zu uns wie die Ebbe zur Nordsee, wie das Salz in die Suppe oder wie der Tod zum Leben.

Ich lag neben Jakob im Bett und ließ das vergangene Jahr wie einen Film vor meinem inneren Auge ablaufen. Ich lächelte glücklich. Dann rekelte Jakob sich.

»Guten Morgen, mein Engel, hast du gut geschlafen?«

Ich rückte näher an ihn heran. »Wie ein Murmeltier. Selbst dein Schnarchen habe ich nicht gehört.«

Ich musste über Jakobs Gesichtsausdruck lachen.

»Ich? Ich schnarche doch nicht.« Seine Hand schob sich unter mein Shirt. Sofort fing ich Feuer.

»Doch.« Ich stöhnte auf. Dann war ich keiner Widerworte mehr fähig.

Meine Kolleginnen und Kollegen im Verlagshaus hatten Jakob mit offenen Armen empfangen, wenn er mich zum Beispiel auf dem Sommerfest oder zu einer neuen Präsentation begleitet hatte. Immer war er dabei und stets an meiner Seite. Für den heutigen Jahreswechsel hatten wir uns einen Strandkorb organisiert. Obwohl es im Winter üblicherweise keine dieser Oasen am Strand gab, hatte Jakob es geschafft, dass man uns eine bereitgestellt hatte. Das bedeutete, wir mussten uns warm anziehen, um das neue Jahr unter dem Sternenhimmel zu begrüßen.

Die Weihnachtsfeiertage hatten wir zusammen mit Elvira verbracht, und sie hatte uns dazu liebevoll verwöhnt. Auch wenn sie immer wieder erwähnt hatte, dass sie meine Freundin Silvi vermisste. Doch Silvi hatte andere Pläne. Mitte des Jahres hatte sie ihren Traummann gefunden, mit dem sie nun in den Skiurlaub gefahren war.

Ich freute mich für sie, denn es sah danach aus, dass sie das ganz große Los gezogen hatte. Im Frühjahr erwarteten die beiden Nachwuchs. Was bedeutete, dass ihr Freund allein die Piste heruntersausen musste.

Meine Nichte Esther hatte sich, zur Freude ihrer Eltern und ihrer Patentante, zu einer hübschen, selbstbewussten jungen Dame entwickelt, die ihren Weg ging, immer mit dem Herzen auf dem rechten Fleck. Meine Schwester Bente hatte eine kurze Arbeitspause eingelegt und würde demnächst wieder neu durchstarten. In ihrem Beruf, den sie sehr liebte. Dafür hatte ihr Mann seine Arbeitszeit reduziert, um seine Frau bei der Kindererziehung unterstützen zu können.

»Gehen wir frühstücken?«, fragte ich Jakob nach einer Weile.

»Haben wir doch eben«, murmelte er, trunken vor Glück. Dabei zog er mich zu sich und verwöhnte mich mit Küssen, denen ich nur ungern widerstand.

❄

Eine Stunde vor Mitternacht brachen wir auf zu unserem Strandkorb. Ich hatte einen Korb mit lauter Köstlichkeiten und Champagner eingepackt. Lizzy stopfte sich zusätzliche Decken unter die Arme und strahlte mich verliebt an. Klirrende Kälte schlug uns entgegen, als wir das Hotel verließen und zum Strand hinunterliefen. Der Strandkorb hatte mich eine Stange Geld gekostet, aber für den heutigen Anlass war er mir unheimlich wichtig. Lizzy ahnte nicht, dass sich heute etwas ändern sollte. Sonst wäre es ja auch keine Überraschung. Ich grinste vergnügt vor mich hin, auch wenn ich nicht wusste, wie sie reagieren würde.

Statt auf weichem Sand wanderten wir über festgefrorenen Boden. Ich zeigte mit dem Finger geradeaus. »Schau, dort drüben ist unser Strandkorb. Unmittelbar an der Wassergrenze.«

Lizzy verharrte und sah mit leuchtenden Augen dorthin, wo mein Finger hinwies. Rundherum waren Fackeln aufgestellt. Alle zusammen ergaben ein großes Herz. Sogar leise Musik ertönte aus einem batteriebetriebenen CD-Player.

»Du bist ja verrückt«, hauchte sie gerührt. »Es ist wunderschön.«

»Es freut mich, wenn die Überraschung gelungen ist und dir gefällt.« Ich drückte ihre Hand und führte sie über die Weite des beeindruckenden Strandes. Die Sterne leuchteten hell über uns.

Lizzy schaute hinauf zum Himmelszelt. »Ob Lisa uns jetzt sieht?«

»Bestimmt, sie schickt uns schließlich diesen atemberaubenden Blick auf den Horizont.«

Lizzy nickte zufrieden, küsste mich liebevoll und lächelte. Lisa war nur noch selten ein Thema zwischen uns, aber wir vergaßen sie nie. Nur rückte sie immer weiter in den Hintergrund. Mir und Lizzy gehörte das Leben, ein Leben voller Überraschungen und Pläne. Ich konnte es immer noch nicht glauben, dass Lizzy mich aus der Dunkelheit herausgeholt hatte. In das Licht, das uns einen Weg aufzeigte, der voller Liebe und Hoffnung war.

Wir kuschelten uns in warme Decken und schauten auf das Meer. Einige Meter von uns entfernt schlich ein alter

Mann vorbei. Er hob die Hand zum Gruß. Lizzy schien nicht überrascht, sie winkte zurück und sah dem Mann lange hinterher. Auf meine Frage hin, ob sie ihn kannte, nickte sie.

»Ich denke, das ist der Weihnachtsmann, der Überstunden abbummelt.« Sie lächelte versonnen und drückte meine Hand.

Ende

DANKSAGUNG

Einen lieben Gruß an meine Leserinnen und Leser.

Vielen Dank, dass ihr meine Bücher lest. Das ist für mich ein Riesen Geschenk.

Wenn euch die Geschichte von Lizzy und Jakob gefallen hat, dann lasst es mich gerne wissen. Ich freue mich über eure Meinungen.

Auch bei meinem Verlag, dem Zeilenfluss Verlag bedanke ich mich auf das herzlichste. Wieder einmal war die Zusammenarbeit mit euch wunderbar. Vielen Dank.

Unbedingt erwähnen möchte ich nochmals meine Anfangszeiten als Autorin. Ohne meine Freundin, Pastorin Diana Krückmann, hätte ich mich wahrscheinlich nicht getraut mein erstes Manuskript weiter zu schreiben, dem noch viele folgen sollten. Schreib bitte weiter sagte sie zum mir, als sie die ersten Kapitel von Heimathafen Husum gelesen hatte.

Was soll ich sagen? Ich tat es und bin eine Glückliche Schriftstellerin geworden, dessen Beruf der schönste auf Erden ist. Zumindest für mich.

Vielen Dank für alle Inspirationen, die mir über den Weg laufen, auf dieser Wundervollen Welt voller Überraschungen. Ich hoffe, wir lesen uns bald wieder. Auf die Liebe!

Eure

Anni Deckner

ÜBER DIE AUTORIN

Anni Deckner, geboren 1961 in Winnert bei Husum, lebt mit ihrer Familie in Hanerau-Hademarschen. Ihre Liebe zur Grauen Stadt am Meer kann man in ihren Werken spüren. Die kreative Luft des Nord-Ostsee-Kanals inspiriert die Autorin, genau wie damals den berühmten Dichter Theodor Storm, der an diesem Ort seinen Schimmelreiter zu Papier brachte. Ihre Leidenschaft zum Schreiben entwickelte sich schon in früher Jugend. Ihr erstes Buch »Heimathafen Husum« erschien jedoch erst im März 2014, gefolgt von »Knocking Out« in 2015. In ihrer Freizeit geht die Autorin gern mit ihrem Mann auf Reisen. Bevor sie sich 2017 ganz dem Schreiben widmete, hatte sie bei der Kirchengemeinde Hanerau-Hademarschen als Küsterin gearbeitet.